目次

アラバスターの手　マンビー古書怪談集

前書き

ここにおさめた作品は、バイエルン州のアイヒシュテットという古い城壁の町にある収容所で一九四三年から一九四五年にかけて執筆したものだ。「四柱式ベッド」「白い袋」「トプリー屋敷の競売」の三編は収容所の雑誌『タッチストーン』に掲載された。「碑文」は『チャンバーズ・ジャーナル』に、「悪魔の筆跡」は『ケンブリッジ・レビュー』に掲載された。これらの雑誌の編集者に再掲載を許可していただき感謝している。

編集者で『タッチストーン』の創刊メンバーの一人、エリオット・ヴィニー氏が、本書の発行人も務めてくれたのは、うれしい偶然だった。

A・N・L・マンビー

ケンブリッジ大学キングズカレッジにて

一九四九年三月

こうした物語を世に送り出した創造主に比肩しうる
モンタギュウ・ローズ・ジェイムズをはじめ
一連の作家たちに崇敬の念を捧げる

甦ったヘロデ王

HERODES REDIVIVUS

病理学者のチャールズ・オークランドの名前を聞いたことがある人はそう多くないだろう。世間の耳目を集めるような人物ではないからだ。そもそもオークランドが手に入れたささやかな名声は、いくぶん不気味な色合いを帯びていた。なにしろ、オークランドは科学的研究という踏みならされた広い道をはずれ、常に人間の心の暗い袋小路に分け入ろうとしたからだった。おおかたの人にとっては、あまり近づきたくないと感じるような分野だ。ただ、オークランドの外見からは、そういうことはつゆほども想像できないだろう。異常性についてずっと研究している人間は、えてして本人自身がかなり奇矯な風体になりがちだが、オークランドはちがった。一見、田舎医者に見えるかもしれない。六十前後の大柄な赤ら顔の男。まだまだ壮健そのもので、抜け目ないが親切そうな顔つきをしていた。私たちは同じクラブに所属していて、長年、会釈を交わしあう程度の関係だった。しかし、つい最近、まったく偶然に、彼が書物のコレクターであることを知った。ダヴェンポートの『英国の紋章入り装幀』を参照するためにクラブの図書館に行くと、ちょうどオークランドがそれを読んでいたのだ。彼はその著者の多数の誤謬に憤慨していたので、かねてより作っておいた訂正と追加のリストを貸すことを申し出た。これが糸口になり、装幀についてさらに意見を交わし、しまいにはこれから自宅に本を見に来ないかと招かれる仕儀となった。まだ十時にもなっていなかったので、私はいそいそと誘いに乗った。

その夜は晴れていたので、いっしょに公園を突っ切って、彼が当時住んでいた〝砲兵マンションヨン〟に向かった。到着するとエレベーターで上がっていき、まもなく彼の部屋の食堂に腰を落ち着けた。部屋の壁面には床から天井まで本がぎっしり並んでいた。ある区画の本はすべて仔牛革と仔山羊革の装幀だったので、私は心が弾み、期待のあまり背筋が少しぞくぞくしたほどだ。書棚を見ようと近づいていくと、部屋の主も立ち上がった。ひと目で、どれも古書店では〝オカルト〟というタイトルの下に分類されるような本だとわかった。意外ではなかった。オークランドの好みについてはすでに知っていたからだ。彼は数冊の本を取り出し、それについて熱弁をふるいはじめた。ロバート・フラッドの占星術についての初版本もあれば、一五七五年版の『悪魔劇場』のとびきりの美本もあり、私は賞賛の言葉を口にし、魔女裁判について語り合った。彼は隣の書棚を向くと、自分の論点を例証するためにスコットの『魔術の暴露』を抜き出した。そのときだ。私の目はいちばん上段に並ぶ小さな本の背表紙に釘づけになった。

一瞬、心臓が止まった。もちろん、あれのはずがなかった。しかし、驚くほどそっくりだ！何も文字が刻印されていない、ぺらっとした仔山羊革の表紙も、背表紙の最上部の革に斜めに入った奇妙な裂け目も。その本を抜き出して開いたとき、私の手はかすかに震えていた。まちがいなく、あの本だった。ありふれた紙に粗雑に印刷されたタイトルを改めて読んだ。『甦ったヘロデ王またはナントの残虐な怪物ジル・ド・レ、その邪悪な生と死の本、パリ、一五四五年』その文字を見ているうちに、あのおぞましい経験が怒濤のように甦ってきた。私の高校時代に影を落とした経験。二十年前に味わった恐怖を全身で感じ、気が遠くなりかけた。

「ほう、希少価値の本に鼻が利くようだね」オークランドは私が手にしている本を指さした。

「この本を前に見たことがあるんです」

「本当に？　どこでなのか、ぜひ聞かせてくれたまえ。イギリスで公開されているコレクションには一冊も入っていないのだよ。たった一冊だけヨーロッパにあることを突き止めたが。ミラノのアンブロジアーナ図書館だ。ただし、私は目にしてすらいない。カード式目録には載っているものの、司書が見せることをひどく渋るたぐいの本でね。前に、どこでその本と遭遇したのか覚えているかい？」

「まさにこの本を見たことがある、と言っているんです」

オークランドは疑わしげに首を振った。「勘違いだと思うよ。私がこの本を手に入れてから二十年たつ。それまで、この本はきみが会ったことのあるとは思えない男が所有していた。それに、彼は十五年前にブロードムーア〔ロンドンの西方クロウソーンにある精神異常の犯罪者を収容して治療する施設〕で亡くなっている。名前は――」

「レイス」私はあとをひきとった。

オークランドは好奇心をくすぐられたかのようだった。「まさか覚えているとは思わなかった。裁判の頃、きみは学校に通っていたはずだ――しかも、裁判の内容はほとんど公にされなかった。ありがたいことに、低俗な新聞がその手の情報を派手に書き立てることを防ぐ法規制があったのでね」うっすらと笑みを浮かべた。「きみはとても早熟なお子さんだったようだな。当時はまだ高校生だったんじゃないか？」

「ええ。高校生でした――あの高校生だったと申し上げた方がいいかもしれない。名前を伏せたまま、裁判で証言した高校生です」

オークランドは手にした本を置くと、まじまじと私を見つめた。「そうか、実に興味をそそられるね。よかったらそれについて話していただけないかな？　ご存じのように、そういう事件が私の専門なんだよ。もちろん、ひとことも外にもらすつもりはない」

私は微笑んだ。「この話には世間に恥じるような点はまったくありませんよ。ただ白状すると、自分がもう少し頭を働かせていれば、あの悲劇は回避できたのではないかと悔やむこともあります。しかし、かまいませんよ。いまや学問的な関心事でしかないことです。何年もあの事件について考えたことすらありませんでした」

オークランドは私を肘掛け椅子にすわらせると、私のグラスにウィスキーソーダをなみなみと注いだ。それから向かいに腰をおろした。

「じっくりと話をうかがうよ。私はとても宵っ張りなんだ。それにまだ十一時十五分前だからね」

私はグラスを傾けて酒をあおると、考えをまとめた。

「私はブリストル郊外にある大きな学校の生徒でした」と語りはじめた。「このできごとが起きたときは、まだ十六にもなっていなかった。当時から古い本にとても興味がありました。寮監に勧められて、のめりこんだ趣味でした。スポーツ競技では一度も活躍したことがなく、雨だったり試合に出場できなかったりしたときは、よくブリストルまで本を探しに出かけていました。もちろん、小遣いは限られていたし知識もなかったが、町の店や露店を冷やかすのは本当に楽しかった。ポープの『オデュッセイア』やシオボールドの編纂したシェイクスピアを持ち帰って、勉強部屋に飾ったものです。

ブリストルについてはご存じないかもしれませんが、あそこは非常に魅力的な町です。丘の下にはエイボン川が流れ、クリフトン地区には、ゆるやかな弧を描く通りにジョージ王朝様式の建物が並び、いくつもの広場がある。その先はさらに古い港町で、壮麗な教会や広い波止場があった。川沿いにはブリストルが中世に港町として栄えていた時代そのままの、狭い袋小路や路地が縦横に走っている。生徒たちは、この貧しい地区の大部分に立ち入ることを禁じられていたが、大学地区の書店を軒並み制覇してしまうと、この規則を無視して古い町並みをくまなく散策するのが喜びになったのです。

ある土曜の午後のこと——夏の時期でした——聖メアリー・レドクリフ教会と古い〝浮き桟橋〟の間の地区をぶらついていたとき、ある細い路地から小さな中庭に出ました。暗く湿っぽいみすぼらしい場所だったが、古い稀覯本好きにとってはわくわくする場所だった。ただし、そこに住むのでなければですが。木骨造りの家々の二階はせりだしていて、空を閉めださんばかりで、中庭の先はのっぺりした高い塀で行き止まりになっていた。突き当たりの右手には書店があった。少なくとも一階のウィンドウには本がぎっしり並べられている。あまり興味を持てない本ばかりだったし、本に積もっているほこりから察するに、何年も手を触れられていないことはあきらかだった。店はいかにもさびれた雰囲気を漂わせていたので、ドアノブに手をかけたときも、開くとはまるで期待していなかったのです。しかし、ドアは開き、私は暗い店内に足を踏み入れました。至るところに本が置かれていた。狭い通路の床にうず高く積み上げられた本で書棚が見えないほどだ。本の山のわきを体を横向きにしてかろうじてすり抜けていった。ウィンドウで目にしたのと同じ分厚いほこりが、ありとあらゆるものに積もっている。自分は何年かぶりにこの店に来た客なんじゃないか、という気がしてきたものです。ドアを開けたときにベルが鳴らなかったので、店主はどこだろうと見回した。右手の奥まったところにすわっている姿が見えたので、本の山をよけながら机に近づいていきました。あの男とは会ったことがあるんですか?」

「のちにブロードムーアでね。初めて会ったとき彼がどう見えたか、きみ自身の言葉でぜひ語ってほしい」

「そうですね」私は話の続きに戻った。「まず目を引かれたのは異様なほどの肌の白さでした。一度も太陽にあたったことがないんじゃないかと感じさせるほどでした。植物に植木鉢をかぶせて光も空気も遮ったらかくや、というような、不健康な外見をしていたのです。髪は長くまっすぐで、汚らしい灰色でした。もうひとつ印象に残っているのは、肌がすべすべしていたことです。男性でも髭剃りの必要がないみたいな人がいるでしょう? 若い男性の場合は魅力的だが、老人だと実に気色悪い。ざっとまあ、そんなような外見だったのです。近づいていくと、彼は立ち上がりました。太った男だった。醜悪なほどではなかったが、威圧感を与えるぐらいには大きかった。唇はやけにふっくらして肉厚だった。

こんな店に足を踏み入れたのは無謀だったのでは、と少なからず不安になってきたが、店主は私を歓迎し、いささか甲高い声でこう言った。

『いらっしゃい、坊や。これはまた意外なお客さまでうれしいね。何か探しているものでもあるのかい?』

私は口ごもりながら、古い本に興味があるのでちょっと見て回りたいと言った。彼はすぐに承知した。そして本の山から山へ案内しながら、私の興味をさかんに引こうとしはじめたのです。しかも、あの男は話が巧みだった。たちまちにして、私の書誌の知識が貧弱だということを見抜き、発行日、版、発行部数、価格、その他、興味深い事柄について教えてくれたのです。腕時計を見て、急いで学校に戻らねばならないと気づいたときは、心から残念に思いました。何も買わなかったのですが、彼は一冊の本をどうしてもプレゼントしたいと言いました。きれいな装丁がほどこされたスターンの『センチメンタル・ジャーニー』でした。そして、できるだけ早くまた訪ねてくることを約束させたのです」

「そのスターンの本はまだ持っているのかね?」オークランドが訊いた。

「いいえ。父が裁判のときに破棄しました。

その店は学校で立ち入りを禁じられている地区にあったので、そこに行ったことは寮監に黙っていました。でも次の木曜日、雨がひどくてクリケットができなかったので、またも知り合ったばかりの友人を訪ねたのです。

今度は二階の部屋に案内してくれました。そこにはさらに本があり、版画も何枚かあった。店主の名前はレイスでした。レイスは十八世紀の政治史に非常に詳しく、ギルレーの分厚い風刺画集まで見せてくれたので、私は心から彼を崇拝するようになってしまった。あの男には一種の磁力があったんです。感受性の強い年頃だったこともあり、完全に彼に魅了されてしまった。私自身のことや学校での勉強についてあれこれたずね、非常に学のある人から関心を向けられたので、少年が舞い上がらないわけがなかった。レイスの聡明な話しぶりを聞いていると、そのいささか不快な肉体的特徴も忘れてしまうほどでした。

そのとき、ふいに階下で店のドアが開く音がした。するとレイスはいらだたしげな声をもらすと、客の応対のために階段を下りていきました。一、二分しても戻ってこなかった。耳をそばだてると、下の会話がかすかに聞こえてくる。私は棚から本を一、二冊適当に引き抜き眺めていたが、その部屋にはまだ見せてもらっていない本はほとんどなかった。そこでドアまで行き、階段からのぞいてみました。しかし、階下の様子はわからない。サマセット州の歴史がどうのという会話が切れ切れに聞きとれるだけだった。じょじょに退屈してきました。

階段の踊り場をはさんで別の部屋がありました。そのドアがわずかに開いていた。残念なことに、私はとても詮索好きな性格でした。ドアを押し開け、中をのぞいてみたのです。あきらかにレイスが寝起きしている部屋だった。隅にはベッド、たんす、部屋の中央には丸テーブル。

しかし、私が目を奪われ、魔法にかけられたように目をそらせなくなったのは、暖炉の上にかけられた一枚の絵でした。その絵については、どんな言葉をもってしても表現できないでしょう」

オークランドはうなずいた。「見たことがあるよ――記録に残っていないゴヤだ――血も凍るような表現形式で描かれた絵。あれに比べたら『魔女の夜宴』など、学校行事を描いたかのように見えるだろう！　あの絵は想像力のない警察によって燃やされてしまった。私は写真すら撮らせてもらえなかったんだ」彼はため息をついた。

私は話の先を続けた。「絵を見るために近づいていくと、絵の下のマントルピースに一冊の本が置かれていた。今、あなたの書棚のいちばん上にある本です。私はそれを開き、タイトルページを読んだ。もちろん意味不明でした。ジル・ド・レは平均的な学校のカリキュラムには入っていませんから。ふいに背後で物音がしたので振り返ると、レイスが戸口に立っていた。足音を忍ばせて階段を上がってきたのです。その目で燃えていた怒りは一生忘れないでしょう。そこに立っていた彼の顔はいつも以上に白く、威圧感を与える体は文字どおり憤怒でわなないていました。

私はあわてて謝ろうとしました。しかし、彼は手振りで私を黙らせた。それから私の手から本をひったくり、マントルピールの上に戻した。相変わらずひとことも発さずに、彼がドアを指さしたので、私は急いで階段を下りていった。そのあとから彼は店に戻ってきた。だが、私がそのまま店を出ていこうとすると、がらりと態度を変えたのです。私をなだめなければならない強力な理由を思い出したかのように。レイスは片手を私の腕にかけました。

『坊や。いらだちをぶつけて申し訳なかった。僕は几帳面な人間なので、自室の物を他人に触られるのが我慢できないんだ。世捨て人のような暮らしをしているせいで、いささか気むずかしくなってしまったようだな。きみに悪気がなかったことはわかってる。あそこには非常に貴重な本や絵が置いてあるんだ。売り物ではなく、自分の個人コレクションとしてね。当然、お客に勝手に出入りしてもらうわけにはいかないんだよ』

私はしどろもどろになりながら詫びを口にしました。不作法な真似をしてしまった恥ずかしさのあまり、いたたまれない思いでした。レイスはそれをただちに察して、こうつけ加えたのです。

『この件はもう気にすることないよ。なにより、これっきりここに来なくなったらだめだぞ。できるだけ早くまた訪ねてきてほしい、約束だよ。きみに悪意がなかったことを示すためだけにでもね。何かおもしろい本を見繕っておいて、見せてあげよう』

私は約束をすると、急いで学校に戻ったのです。一日、二日すると、あれはすべて空想だったのだ、光のいたずらで彼が怒りに顔をゆがめているように見えたのだと、どうにか自分を納得させました。だいたい、あんな些細なことで腹を立てる理由などないはずだから。そのことに比べたら、あの絵は私の心にほとんど印象を残さなかった。あそこに描かれたものの大半が、当時の私には理解しがたいものだったからです。いずれにせよ、また私室に招じ入れられることはなさそうだったので、再び店を訪ねてみようと決心したのです。

なかなかその機会は巡ってこなかったが、二週間近くしてようやく学校を抜け出してブリストルに行くと、レイスは大喜びで迎えてくれました。その気持ちは態度にはっきりと表れていました。約束どおり、さらにたくさん探しておいてくれた本を見せてもらい、私はとても居心地のいい午後を過ごしたのです。レイスは相変わらず饒舌でしたが、いくぶん上の空になっているようにも見えた。あたかも興奮を必死に抑えつけているかのように。何度か本から顔を上げたときに、彼が妙に考えこむような目つきでこちらを見つめているのに気づきました。そのせいで少しばつが悪くなったものです。やがて、そろそろ帰らなくてはと言いだすと、彼はこれまで一度も口にしたことのない提案をしました。

『すっかりほこりまみれになってしまったね。帰る前に手を洗った方がいい。下に洗面台があるよ。明かりをつけてあげよう』

そう言いながら、レイスは店の奥に行きドアを開け、スイッチをひねった。すると長い階段が照らしだされたのです。石造りの階段で、地下室に通じているようだった。私が階段を下りきったとき、いきなり明かりが消えた。あわてて振り向くと、彼が上に立っているのが見えた――階段のてっぺんに、異様に短く縮んだ人の姿がシルエットになって浮かびあがっている。両手を左右に伸ばしてドア枠をつかんでいるので、背後から射す店のかすかな光の中だと、不格好にゆがんだ十字架のようだった。私は彼に呼びかけ階段を引き返そうとしたが、そのとたん、彼はひとことも言葉を発さずにドアをすばやく閉めたのです。

怖くてたまりませんでした。もちろん悪ふざけかもしれなかったが、心の底ではそうでないことを悟っていました。命が危険にさらされていることも。階段のてっぺんまで上がってドアを手探りしたが、内側にノブはないようだった。明かりのスイッチも見つけられなかった。店側にあるにちがいありません。叫んでも返事はなかった。とてつもない恐怖にわしづかみにされた。石造りの地下室の湿っぽい臭い、空気が足りないこと、暗闇、それらすべてがあわさって、残っていたわずかばかりの勇気をひねりつぶしたのです。私はまた叫んだ。それから息を止めて耳をそばだてた。すると、店の入り口が開き、店内から聞き慣れぬ足音が聞こえてきた。私は力をふりしぼってドアをたたき、無我夢中で叫んだり怒鳴ったりした。その音が閉め切った空間で反響し、耳がつぶれんばかりだった。しばらくして、また耳を澄ませると、店内で人声がした。しかし言葉までは聞きとれなかった。肺が爆発するかと思うほど、またもや叫び、拳があざだらけになるまでドアを力いっぱいたたき続けた。そのときふいにドアが開き、私は外にころがり出ました。恐怖で取り乱し、日の光に目がくらんだ。私の前には年老いた牧師がいて、その後ろにレイスが立っている。彼は以前にも目にした険悪な怒りを浮かべていました。『どうしたんだね？』牧師がたずねた。『どうしてそこに閉じこめられてしまったんだね？』そのとき致命的な過ちを犯したのです。私は一刻も早くそこから逃げだし、二度と戻りたくなかった。苦情を申し立てたら、厄介事が降りかかってくるのは目に見えていた。学校当局とも、もしかしたら警察とも面倒なことになる。日の光とともに恐怖は消えてしまっていたので、いくぶん自分を恥じる気持ちにもなっていました。

『手を洗いに下りていったんです』私は説明した。『明かりが消えたので怖くなって。でも、もう大丈夫です』

牧師は問いかけるようにレイスを見たが、レイスはすでに冷静さをとり戻していた。『ヒューズが飛んだにちがいない』彼は言った。『しょっちゅう飛ぶんですよ――湿気のせいだな。あなたが来たとき、ちょうど出してやろうとしていたところでした。この子が怯えたのも無理はない。暗闇だと、ひどく気味の悪い場所ですからね』

牧師はレイスから私へ視線を移した。私から何か言葉を引き出そうとするかのように。しかし、私はただこう言った。『そろそろ学校に戻らなくては』

私たちはいっしょに店を出た。路地をたどって中庭を出ていくときに振り返ると、レイスが店の階段の上に立ち、ぞっとするような目つきでこちらをにらみつけていた。牧師は質問をしようか迷っているらしかった。あきらかに牧師は好奇心を満足させたがっていたのです。だから、私の方からは、この件について触れないでほしいとは言えなかった。でも、わたしたちは赤の他人同士だったし、祖父と同じぐらい年老いてはいても、牧師は控えめな人間のようで、結局、遠慮したようだった。奇妙な距離感のとり方でした。

牧師にバスに乗せてもらい、私は心から礼を述べました。握手を交わすと、唐突に牧師はこう言った。『私なら、もう二度とあそこには行かないよ』そして、歩み去ったのです。数日というもの、牧師があのできごとを学校に報告するのではないかと、気が気ではありませんでした。しかし数日が数週間になっても、一切話が出てこなかったので、ほっと胸をなでおろしたのです。何があっても二度とレイスの店を訪ねまいと、固く決意しました。ほどなく、すべてのできごとは私にとって非現実的なものになっていったのです」

私は腕時計を見た。

「驚いた！　もうこんなに遅い時間だ。そろそろお休みになりたいのでは？　明日また続きを話すこともできますすよ」

「いや、とんでもない。きみの話にすっかり引き込まれてしまった。実に興味深い話だ。あの事件について知識の穴をことごとく埋めてもらえるのだから。きみがまだ眠くなくて続きを話してくれるなら、本当にありがたい」

彼がグラスにお代わりを注いでくれたので、私は椅子にもう少し楽な姿勢でもたれた。

「さて」と私は続きを話しはじめた。「このあとの部分についてはいささか自信がないんですよ。ここまでもかなり妙な話だったが、嘘偽りない事実です。しかし、これから先は自分でもよく理解できない領域に入っていくものですから」

オークランドはうなずいた。「心配はいらない。とにかくうかがおう――きみの頭に浮かぶままに。説明しようとしなくてけっこう。起きたことをそのまま話してくれたまえ」

「一年が過ぎ、私はまだ高校に在学していました。六年生になり、奨学金をもらうために必死に勉強していたのです。さらに奇跡が起きたのか、学生寮のクリケットチームに入ってしまった。そのため、これまでのように試合に無頓着ではいられなくなった。評判を考えて、試合では真剣にプレイせざるをえなくなったのです。試合のヤマ場でボールをとりそこねたりしたら、学校生活が地獄のようになりますからね。

いまだにそうですが、その頃も、私は驚くほど眠りが深かった。夢を見ることはめったになく、見たとしてもたわいのないものでした。しかし、とんでもなくおぞましい夢を二度続けて見たのです。一度目は六月二十六日の夜でした。日記に日付を記録しておいたので確かです。またもレイスの店にいるところが生々しく夢に出てきました。あの散らかり放題の店内が、細かいところまで夢に再現された。私は店の真ん中に立っていて、時刻は日暮れどき。本が高く積み上げられたほこりっぽいウィンドウからは、ほとんど光が射しこんでこない。レイスの姿はどこにも見当たらなかった。不気味な連想をかきたてる地下室のドアは閉まっていた。ふいにドアの向こうから、血も凍るような悲鳴やわめき声が聞こえてきて、さらに、ドアをたたいているのか体当たりしているのか、くぐもったバンバン、ドスンドスンという音が声と混じり合った。私はドアに走り寄って開けようとしたが、鍵がかかっていた。そこで店の階段に飛び出していき、誰か助けてくれる人はいないかと見回したが、中庭には人気《ひとけ》がなかった。なすべもなく店内に立っていると、やがて悲鳴はか細くなっていき、ドアをたたく音も止んでしまった。耳を澄ますと、階段でもみあっているような物音が地下室の方へと遠ざかり、しだいにかすかになっていった。

そのとたん、恐怖に震えながら目を覚ましました。風呂を浴びたかのように汗びっしょりだった。その晩はそれっきり寝つけず、横たわったまま夢について考えていました。奇妙にも、実際に自分の経験したことが夢に出てきたのではなく、観察者の視点から夢を見たように感じられたのです。

翌晩、まったく同じことが起きました。夢の中で激しい恐怖に襲われ、眠りながら悲鳴を上げたにちがいありません。寮にいる他の少年たちまで起こしてしまった。三度もそんな夢を見ることにはとうてい耐えられそうになかったので、翌日、寮母のところに行き、眠れないと訴えた。彼女は私を寮から病室に移してくれ、鎮静剤をくれました。その夜を境に、いつものようにぐっすりと眠れるようになったのです。

二週間もしないうちに、この異様な一連のできごとを関連づけることが、さらにもうひとつ起きたのです。私は地元の警察署を通りかかり、外に貼りだされた野鳥の保護についての掲示を読んでいました。少々鳥類学をかじっていたものですから。建物の前の柵には、いつものようにさまざまな掲示が貼られていた――迷子、発見者、行方不明者。比較的最近の掲示にふと目が留まり、その文字になにげなく目を走らせたのです。

もちろん、そのときの正確な文章は覚えていませんが、その掲示はロジャー・ウェイランドという十五歳半の少年の情報を求めていました。人相が細かく書かれていたので、自分と酷似していることにたちまち衝撃を受けました。彼は六月二十六日の昼食後、自転車でクリーヴドンの自宅を出て、桟橋に行こうとブリストルをめざした。その午後五時半過ぎに、聖メアリー・レドクリフ教会のそばで目撃されたのを最後に行方がわからない。彼の居場所について手がかりを持っている人は名乗り出てほしい、と警察は呼びかけていました。

その掲示を何度も読み返した。それが意味することはすぐに理解できました。なぜと訊かれても困りますが、一瞬で、私は何が起きたのかを悟ったのです。六月二十六日の夢はまだ記憶にくっきりと刻まれていた。さんさんと太陽が射す通りにいてすら寒気を覚え、言いようのない恐怖に押しつぶされそうだった。

どうするべきか検討しました。警察はきっと私の話を笑い飛ばすでしょう。警察署に入っていって、薄ら笑いを浮かべている巡査部長に、そんな荒唐無稽な話をすることはとうていできない。しかし誰かに話さなくてはならなかった。結局、その日の夕食後、私は寮監に相談に行ったのです。彼は非常に理解のある人間だったので、私がすべてを語っている間辛抱強く耳を傾けてくれました。私の話は説得力があったにちがいありません。というのも、話が終わると、彼は友人である地元警察の警部に電話をかけたからです。三十分後、私は警部に同じ話を繰り返していました。彼はとても礼儀正しく、ひとつ、ふたつ突っ込んだ質問をしたものの、かなり懐疑的な様子でした。しかし、レイスの行動を調べてもむだにはならないという寮監の言葉には同意しました。

裁判を追っていたなら、あとのことはご存じでしょう。いかにして少年の死体と、その他の悪魔のような所業を発見したのか。私の名前は証言では伏せられましたし、その学期の終わりに休学して、半年間海外に行きました。

この事件でひとつ、とても不思議なのが、とうとうあの牧師の身元を突き止められなかったことです。警察は私の話を裏づけるために、牧師を見つけようと躍起になった。それに父も同じように熱心に彼を見つけたがっていた。なんといっても息子の命の恩人だったからです。父はそのことに対して具体的な感謝を示したかったのです。相手の望む慈善事業か何かに気前のいい寄付をするということなども考えていたかもしれません。全国的な組織力をもってしても、警察が牧師を見つけられなかったのは本当に不思議なことです。牧師の数は限られているし、あの午後ブリストルにいた牧師はそう多くなかったはずだ。もしかしたら名乗り出て、ああいう事件に関わるのが嫌だったのかもしれない。しかし、私にはそうは思えないのです。彼は義務を逃れたがるような人間には見えませんでした。

お話しできるのはこれですべてです。たぶん、あなたがすでにご存じのこともあったでしょうね」

「ある程度は。しかし、すべてではない。このたぐいの事件の場合、よく警察に意見を求められるのだよ。実際、私はこの事件の手助けをしたが、証言するために呼び出されることはなかった。レイスはラザフォードの腕利き法廷弁護士を雇ったので、正常な精神状態ではないと陪審に信じさせることができた。ある人間が度を超して邪悪だと、イギリスの陪審は精神異常のせいだと考えたがるものでね。その結果、彼はブロードムーアに入った。きみや私と同じく、あの男は完全に正常だったがね」

「どうして彼の蔵書の一冊があなたの手元にあるんですか？」私は質問した。

「警察の仲介でね。ゴヤが破壊されたことでさんざん嘆いたので、残念賞のつもりなのだろう。実はこの本がレイスにヒントを与えたのだよ。

これはジル・ド・レの悪行を解説した当時の本だ。ド・レはフランス元帥で一四四〇年にナントで絞首刑に処された。おそらく、きみは彼についてかなり詳しいだろうね。悪魔学にまつわる一般的な本は、必ず彼に言及しているから。当時の警察は彼が殺害した正確な子供の人数についてはあいまいにぼかしている。年代記作家のモンストルレは百六十人だと言っているが、シャストランなどは百四十人だと計算している。しかし、これは一般に知られていることでしかない。

かたや、あまり広く知られていない事実なのだが、どうやら彼はときどき歴史に再登場しているらしいのだ。少なくとも、彼の名を連想する悪魔めいた所業は繰り返し起きている。十七世紀のヴェネチアでは、彼は一種のカルトだった。十九世紀半ばにはボヘミアで、あるおぞましい事件があった。ド・レの名前を英語読みするとレイスで、レイス自身、その末裔だと主張していた。ただし、その証拠はつかめなかったがね。警察はレイスの血統をたどれなかったし、第一次世界大戦直前に彼がブリストルに現れるまでの経歴についても探りだせなかった。今では書店はなくなっている。あの界隈一帯が、最近のスラム一掃計画によってとり壊されたのだ。

一四四〇年のド・レのナントの裁判には、ずっと関心を持っていたのだが、前回パリに行ったときに多くのことがわかった。古いナントの公文書をフランス国立図書館が最近手に入れてね。おかげで、ラ・ミフリーという女性の尋問に関する原本にくまなく目を通して、幸せな一週間を過ごしたよ。その女がド・レのために子供の大半を斡旋したんだ。もっとも重要な部分は写しを手に入れてきた。よかったらお貸ししようか？　夢中になることまちがいなしだよ」

「いえ、めっそうもない」私は暇《いとま》を告げようとして立ち上がった。「自分があわや主役を演じかけたので、そのたぐいのものはとうてい楽しく読めないのです。あなたなら事件について客観的かつ科学的な視点を持てるかもしれないが、はっきり言って、私はド・レにも、彼の所業にも、もうほとほとうんざりなのです」

碑文

THE INSCRIPTION

チャールズ・ウィンチカムがドーセット州に所有するスタプトン屋敷には、執筆にうってつけの書斎がある。私はそれを知っていたので、ロンドンを離れるときも、良心のとがめは一切感じなくてすんだ。ある学会の定期刊行物に掲載する論文の締め切りが迫っていたうえ、この十日間、大英博物館の仕事が忙しかったのだ。ずっと蒸し暑い日々が続いたせいで、論文のテーマ『南ウェールズにおけるクリュニー修道会の出発点』を書き上げたくても、日陰ですら三十二度を超えるような気候ではなかなか集中できなかった。週末をこちらで過ごさないかというチャールズの招待はまさに渡りに船で、その晩到着するという電報を急ぎ彼に打った。

スタプトン屋敷はきわめて居心地のいいこぢんまりした家だ。あらゆる意味で、これみよがしなところがなく、まさにそこが魅力だった。どこかの時代や様式を完璧に反映した建物というわけではなく、四世紀の間に、ほとんど気づかぬうちに増築されて大きくなっていった。十七世紀にさかのぼるチューダー様式の建物は、一七四五年頃にパラディオ様式の小さなファサードがつけ加えられて〝現代的に〟改築された。十八世紀の所有者は奥に棟を建て増ししたので、建物の対称性は損なわれたが、その組み合わせは全体として見ると心地よいものだ。

パディントン駅四時四十五分発の列車で私が到着したのは、そういうすばらしい屋敷だった。チャールズ自ら、駅で温かく出迎えてくれた。彼とは古くからの知り合いだ。ケンブリッジ大学で共に学び、それからずっと連絡をとり続けてきた。われわれの嗜好は多くの点で異なっていたが、私はチャールズに心から親愛の情を抱いていた。彼はスポーツに熱中していたし、多くの時間を自分の地所を管理するために費やしていて、私とは違い、古い物に対してはまったく関心がなかった。いや、それどころか自分の完璧な家をありきたりなものだとみなしているようで、こちらはいささか衝撃を受けることもあった。ようするに彼はいまだに先祖の地所を維持することができている、もはや絶滅しかけた階級である地方の大地主の典型だったのだ。

妻のメアリはさらに古くからの知り合いだった。というのもメアリは妹の幼なじみで、子供のときにわが家によく滞在していたからだ。優雅で冷静なスタプトン屋敷の女主人に、昔の記憶にある内気で不器用な女の子を重ね合わせると、いつも愉快な気持ちになる。

こんなふうに二人とは腹蔵なく話せる間柄だったので、仕上げねばならない仕事を持ってきた、ついては毎日数時間は書斎に閉じこもって仕事をしたい、と到着するなり率直に伝えた。チャールズは私の論文のテーマについていささかうっとうしい冗談を口にしたが、すぐに二人とも事情を受け入れてくれた。

翌日、午前中の仕事が非常にはかどったので、私は昼食のときにはかなりご機嫌だった。コーヒーを飲み終えると、チャールズが庭園を散歩しようと提案した。私たちは家の裏手のテラスに立ち、しばし湖とその先の森になった丘を眺めた。このすばらしく晴れあがった午後、それはうっとりするほど美しい風景だった。世間話をしながら、私たちは湖をめざして歩きだした。

しばらくしてチャールズが言いだした。「ところで、まだ話していなかったと思うが、島の古い寺院を解体しようと思っているんだ。たいした手間もかからないだろう――何年も前から荒れ放題だったからね」私が反論を口にしかけると、彼は先手を打った。「実はあの寺院を一度も美しいと思ったことがないんだ。屋敷からも見えないしね。それどころか、どこからも見えないんだよ。おまけに解体すれば、農場の新しい納屋のために石材が調達できる。今朝、作業員たちが取り壊し作業にとりかかっていた。ちょっと行って、進捗状況を見てこよう」

湖沿いに歩を進め、分岐して細長く伸びた水辺をたどって森へ入っていった。樹木が土手ぎりぎりまで枝を垂れ、湖面に影を落としている。湖水は黒々として人を寄せつけない雰囲気を漂わせていた。当時ですら、そこは地所でもっとも陰気な場所に感じられた。小さな錆びた橋を渡ると島に出る。ちっぽけな島で、カキドオシが地面を覆い、常緑樹が茂っている。寺院は奥の小さな窪地に建っていた。十八世紀に敷地のあちこちに建てるのが流行《はや》った石造りの建築物だ。といっても、これといって取り柄のない建物だった。前面に開口部がある真四角のきわめて粗末な建物で、簡素な三角形のペディメントがついた切妻屋根が四本の小さなドーリス式の柱に支えられている。考えてみると、ここはそうした寺院を建てるにしては奇妙な場所だった。友人が言ったように、実際に島に渡らなくては寺院が見えなかったからだ。どんな気まぐれから、こんなに不便で陰気な場所にこれを建てたのだろうと、私は首をかしげた。

この寺院を解体することに反対する明確な理由は見当たらなかったが、優秀な古美術研究家なら、なんらかの抗議をしておくべきだと感じた。「このまま保存しておかないのは、いささか哀れだと思わないか？」あまり熱のこもらない口調でたずねた。「納屋の石材なら、別の場所で手に入るはずだ。せっかく一七六九年からここに建っているんだぞ」

「なぜ一七六九年なんだ？　実を言うと、それよりもあとなんだ。一七八五年に建てられたんだ。新築されたこの寺院を描いた絵が銃器室にかけられているよ」

「勘違いしているにちがいない。あれを見ろよ」私は解体されかけた入り口のまぐさ石の一部を指さした。片側が欠け落ちていたが、そこにははっきりと「CCLX.IX.」という文字が刻まれていた。「かつてはMDCCLXIX、ローマ数字で１７６９と書かれていたにちがいない」私は主張した。「残りのまぐさ石はどこかにころがっているんじゃないかな」

瓦礫の山を探し回ったが、見つからなかった。

「おそらくすでに運び出した石材に入っていたんだろう」チャールズは言った。「それにしても一七六九年というのは妙だな。絵の中の刻印は絶対に一七八五年だった。屋敷に戻ったら確認してみよう。しかし、何年に建築されたにしても、もう取り壊すよ。来年にはこれは消えてなくなる。それに石材は実際とても役に立つからね。地元の石切場が閉鎖されたせいで、石材を手に入れるには何十キロも先まで行かなくてはならないんだ。しっかりしていて、まだ充分に使える材木もあるしね」彼は地面にころがっていた屋根の梁《はり》を蹴飛ばした。「さて、そろそろ戻ろうか。地所管理人のデイヴィスがお茶のあとに来る予定なんだ」

橋を渡りながら、島を振り返った。月桂樹の暗い茂みで何かが動くのが見えた気がした。動物か何かが潜んでいるみたいだった。しかし、チャールズにそちらを指さして教えたときには、すでに何も見えなくなっていた。

お茶のあとで銃器室の絵を確認した。チャールズの言うとおりだった。題辞はこう読めた。

「本寺院は一七八五年に、ドーセット州スタプトン屋敷の主人サミュエル・ウィンチカム郷士によって建立《こんりゅう》され奉納された」

片隅にG・Lと画家のイニシャルが入っていたが、チャールズは画家については何も知らなかった。私たちは改めて建立年について話し合った。

「おそらく年号が刻まれていたまぐさ石は、もっと古い建物に使われていた物だったんだよ」私は推測した。「だけど、妙だな、あんなに目立つ場所に再利用されるとは」

「それよりも石に年号を刻んだ人間か画家がまちがった、という可能性の方が高そうだな」チャールズは応じ、食い違いの理由としてはそれがいちばんありえそうだ、と私も同意した。

「サミュエル・ウィンチカムについては詳しく知っているのかい？」

「確か彼については話したことがあったよな？　不体裁な先祖なんだ――わが家の外聞の悪い秘密さ」

「いや、絶対に話してもらってないよ。だったら記憶にあるはずだ。教えてくれ」

「ただ、あまり話すこともないんだ。実に哀れな人間だったらしい。変わり者の隠遁者で、一人きりでこの屋敷で暮らしていたんだ、従僕を一人だけ置いて。地所を離れることは一度もなかったし、庭園には誰も入れようとしなかった。教会にも一度も足を運ばなかったようだ。少なくとも自分が一七九五年に死ぬまではね。一族の地下納骨所で彼の墓を見たことがあるよ。私の曽祖父が彼の甥だったので、屋敷を相続したんだ。想像にかたくないだろうが、屋敷はぞっとするような状態だったらしい。二十年以上、一切の修理がおこなわれていなかったし、庭園はといえばまったく手を入れてなかった。それどころか、彼の時代にやったことといえば、あのくだらない寺院の建立だけだった。曽祖父が屋敷を整備するのに十年もかかった。西の棟を建て増ししたのは曽祖父なんだ。

サミュエル・ウィンチカムのような人間が田舎でどう噂されるかは想像がつくだろう。地元の人間はありとあらゆるおぞましいことを彼のせいにした。正当な根拠はまったくなかったんだろうけど。もっと若いときにはかなり放蕩をしたんじゃないかと思うよ――一七六〇年代には頻繁にメドメナムに滞在していたからね。素人の道楽でオカルトも少しかじったかもしれないな。当時、オカルトは流行《はやり》の娯楽だったんだ。だけど、これといって不面目なことは見つけられなかった。屋敷を放置したことを除けば、無害な老人だったんだろう。

彼がここに住んでいたときに不運なできごとがあったんだ。湖で溺れ死んでいる放浪者が発見されたんだよ。もちろん、村人たち全員が口を揃えて、彼は殺されたんだと言った。そういう供述には証拠などなかったが、田舎の人間の誹謗中傷を止めることはできない。おそらくそうした噂は老人の耳にも入ったのだろう。というのも、彼はいっそうひきこもるようになったからだ。彼の肖像画を見たことがあるかい？　西棟の屋根裏にしまってある。私が子供の頃は玄関ホールにかけてあったんだが、メアリが嫌がるものでね。女っていうのはときどき実に馬鹿馬鹿しいことを言いだすものだな！」

私はその絵を見たことがなかったので、チャールズといっしょに屋根裏への階段を上がっていった。そこは田舎の屋敷によくある物置部屋で、古い屋敷にたまっている魅惑的なさまざまながらくたで一杯だった。片隅に絵や版画が積まれていた。チャールズはそれを調べて、一枚の絵を抜き出すと、窓の近くの陽だまりに置いた。

「ほら、これだ！　美男子とは言えないだろう？」

描かれているのは年とった男の姿だった。とても年老いていて、恐ろしいほど禍々《まがまが》しい顔つきをしている。ウードンのヴォルテール像はご存じだと思うが、実はこの絵はそれを想起させた。どちらも椅子に前屈みにすわり、かぎ爪のような両手で椅子の腕木をつかみ、骸骨のような頭が肩の間に埋もれている。しかし、似ているのはそれだけだった。ウードンの像の顔に漂うそこはかとないユーモアは、この絵にはこれっぽっちも存在しなかった。偉大な哲学者の顔に宿る人間性も欠いていた。メアリがこの絵をはずしてもらいたがったのは不思議ではない。逆に、この絵が見る者に与える悪意のこもった呪いを、チャールズ自身はまったく感じていないことが意外だった。

「圧倒的な力を持つ絵だな」私は言った。「作者は誰なんだ？」

「従僕をしていた老人によって描かれたんだ。イタリア人で、少年時代に画家になる勉強をしていたらしい。もしかしたら、寺院の絵を描いたのも彼だったのかもしれないな」

チャールズは絵を元に戻し、私たちは階段を下りていった。その週末、この話と関連のあることはもう起きなかったと思う。論文はおおいにはかどり、火曜日の朝にロンドンに戻ったときは仕事がほぼ終わっていた。

ひと月ほどのちに『タイムズ』でチャールズの死亡記事を目にして、大きなショックを受けた。事故に遭ったということ以外、死亡記事には何も書かれていなかった。葬儀には行けなかったが、もちろん、メアリにはすぐに手紙を書いた。彼女は折り返し返事を寄越し、その手紙からチャールズが新しい納屋を点検しているときに足場から落ちたということを知った。彼女はこう手紙を結んでいた。「もしお時間がありましたら、二、三日、こちらに来ていただければ本当にうれしいです。アドバイスをいただきたいことが多岐にわたってありますし、あなたはチャールズにとっても、私にとっても、古くからの友人ですから。今はいろいろな問題に対処する気持ちにどうしてもなれないんです。山のようにある細々《こまごま》した心配事をご相談できたらと……」

言うまでもなく、私はただちに出かけていった。かわいそうなメアリは悲嘆に暮れていたが、気丈に振る舞っていた。この何十年か私が知っていた彼女よりも、ずっと人間らしく、傷つきやすそうに見えた。チャールズの死によって一時的に冷静さや落ち着きが失われたせいで、メアリはこれまでほど堂々たる女性ではなくなっていた。

お茶のあとで、書斎で待っている地所管理人のデイヴィスに会ってもらえるかと執事が言ってきた。すぐにデイヴィスのところに行った。これまでの訪問のときにも彼と会っていたが、三十過ぎの感じのいい人間で、地元の医師の息子だということだった。立ち上がって私を迎えたデイヴィスの顔はひどく気掛かりそうだった。

「あなたがおいでになって本当にほっとしました。とても気になることがあるんです。ウィンチカム夫人にはとうてい相談できないような内容でして。ウィンチカム氏が亡くなった朝、私は地所に関連する書類を屋敷にとりに来ました。サインをしてもらうために渡しておいた賃貸契約書です。デスクには、たまたま彼の日記が置いてありました。彼がふたつの農場を新たに買う約束をしていたことを知っていたので、それについて日記でチェックしておこうと考えました。そういうことはこれまでにもしていますし、彼の許可も得ています。死んだ人間の書類に手を触れるべきではなかったことは承知していますが、地所はいつもどおり経営していかねばならないし、ふたつの農場を買う手配はかなり進んでいたのです。

ともあれ、日記を開くと、とても奇妙な書き込みに目が留まりました。あまりにも奇妙だったので、日記帳を持って帰ってもかまわないだろうと判断しました。ウィンチカム夫人のことは心から尊敬していますし、もしも彼女が日記を読んだら、いらぬ苦痛を与えるだけだと考えたからです。ウィンチカム氏は日頃からきわめて冷静で精神のバランスのとれた方でしたが、書き留められた内容からすると、亡くなる前になんらかの神経衰弱を患っていた、あるいは何か幻覚を見ていたように思われるんです。こうした書き込みが公になったら、世間には自殺したと思われるかもしれません。私のやったことが正しかったと、あなたに保証していただけることを心から祈っています。ずっと良心がとがめていて。これがその日記です。目を通していただけませんか――事故の前のひと月だけでけっこうですから。それから、私がこれをどうすべきか、アドバイスをいただきたいんです」

私は日記を受けとり、明日、改めて彼と会う約束をした。このやりとりについてはディナーの席では何も口にしなかったが、メアリの将来については話し合った。当面、これまでどおりやっていく、とメアリは言った。チャールズは裕福だったので、彼女が生活に困らないことは知っていた。

できるだけ早く部屋にひきとると、私はチャールズの日記を読みはじめた。全体的に、できごと、約束の心覚え、地所管理人や猟場番人頭や店子《たなこ》たちとの話し合い、といったごくありふれた日々が記録されていた。やがて読み進めていくうちに、文章に異様な記述が散見されるようになった。最初の兆候は死の三週間前だった。関連する文章は以下のとおりだ。

九月二日。今夜、奇妙な経験をした。湖から帰る途中、小道の左手にあるシャクナゲの茂みに隠れている人影らしきものを見かけたのだ。おそらく密猟者だと考えて近づいていったが、誰もいなかった。たぶん光の馬鹿馬鹿しいいたずらだったのだろう。

九月四日。 またもや湖畔で男の姿を見た気がした。今回は船小屋のそばだ。顔ははっきり見えなかった。ジャクソン（猟場番人頭）に、夜に誰かをそこに差し向け、男をつかまえるようにと指示した。この件についてはメアリに話していない。

九月五日。 今夜は家までつけられた。それはまちがいない。背後の草地でガサゴソいう足音が聞こえたのだ。しかし、振り返ると、足音はぴたっと止まった。まるで目に見えない生き物と〝だるまさんがころんだ〟の遊びをやっているみたいだった。もしかしたら医者にかかった方がいいのかもしれない。今後は夜になったら一切、外出しないつもりだ。

九月八日。 今夜はこの三十年間していなかったことをやった。寝る前にベッドの下と食器戸棚の中をのぞいたのだ。何が見つかると思っていたのかは自分でもわからない。やたらにびくついている。メアリにそれを悟られまいとして必死だ。

九月十日。 今日、農場に行き、梯子に登って建設の進捗状況を確認した。風はまったく吹いていなかったのに、てっぺんまで上がって壁の上に立ったとき、いきなり強い風にあおられ、落ちそうになった。まるで背中を力いっぱい押されたような気がした。幸いにも屋根の梁にしがみつき事なきを得たが、実に不愉快なできごとだった。

今日の午後、牧師に顔色があまりよくないと指摘されたので、こうした経験について洗いざらい打ち明けようかと迷ったが、どうしても話せなかった。一笑に付されるのではと心配だったからだ。いずれにせよ、二週間後にはスコットランドに行く予定でいる。話すまでもないだろう。

その後の一週間ほど、気の毒な友人の書き込みはきわめて真っ当だった。実際、「気分がとてもよくなり、ぐっすり眠れるようになった」と記していたし、別の日には「先週はどうしてあんなに気分がすぐれなかったのか信じられない」と書いていた。最後の書き込みは自体は問題のないものだったが、その後のできごとを鑑みると、背筋が寒くなった。

九月十九日。今夜、デイヴィスと、明日の朝十時に農場で待ち合わせる約束をした。納屋はほぼ完成し、どこから見てもすばらしい出来映えだ。じっくりと点検しなくては……。

翌日、チャールズは命とりとなる事故に遭った。死者が書き残した言葉は私の心に深く刻まれた。というのも、彼は常識を絵に描いたような人間、歯に衣着せずに言えば鈍感で想像力のない男だったからだ。夫の奇妙な神経衰弱についてメアリに知らせるべきではない、というデイヴィスの意見には心から賛成だった。明日の朝できるだけ早くデイヴィスに会って、日記を破棄し、内容について沈黙を守ると誓わせようと決意した。

朝食をすませると、地所の管理事務所まで歩いていった。道のりの半分ほどまで来たとき、屋敷めざしてあわてた様子でやって来るデイヴィスと鉢合わせした。

「よかった、お会いできて」彼は言った。「とても奇妙なことが起きたんです。いっしょに湖まで来てください。途中で説明しますから」私たちは丘を下っていった。「島の寺院の土台を作業員の一人に引き続き掘らせていました。すると、寺院の下に納骨堂があり、柩が安置されているのが発見されたんです。それを聞くなり、あなたを迎えに出かけてきました。この件については黙っているようにと作業員に命じてあります」暗い森を抜け、小さな橋を渡って島に足を踏み入れた。

鋤《すき》を手にした年老いた土地の男が、帽子に軽く手を触れてから脇にどいた。浅い納骨堂で、簡素な鉛の柩がひとつだけ埋葬されている。刻印は何もなさそうだった。納骨堂にはまだ隙間があったので、私は奥の方をのぞきこんだ。何かが目に留まり、しゃがみこんでそれを引っ張り出した。ガラスでできた小さな筒で、口は封印されている。カビだらけで汚れていたが、紙らしきものが中に入っているのがかろうじて見てとれた。ナイフを取り出し、封印をこじ開けようとした。誰がやったのか知らないが、きつく封印されている。ようやくのことで栓がはずれ、固く巻かれた仔牛革の紙を引っ張り出した。湿気のせいで少し痛んでいたが、それでもはっきりと読みとれた。私が紙を広げると、デイヴィスものぞきこんだ。

サミュエル・ウィンチカムの埋葬についての指示書。一七八七年三月十七日、使用人ジョバンニ・レオーニが記す。指示書は亡骸《なきがら》とともに墓に入れること。

私の遺体は〝神聖〟と呼ばれる場所に決して埋葬されるべきではない確固たる理由がある。それゆえ、死去に際しては、島に建てておいた寺院に、使用人のジョバンニ・レオーニが夜のうちにひそかに遺体を運ぶものとする。寺院はあらゆる儀式と祭典をもってして、ある神々に奉納したものであり、神々を喜ばせるために放浪者の命まで捧げた。ただし、私がおこなう変則的な行為が世間で取り沙汰されぬように、私の名前を刻んだ空《から》の棺をセント・ピーター教区教会に埋葬することを指示する。あたかも私がキリスト教徒だったかのように。さらに、私の遺骨と安息の場所が冒瀆されないように、番人として、誰にでも見えるように明瞭に警告を記した。それを無視するほど向こう見ずなスタプトン屋敷の所有者は、誰であろうと、ただちに報復されるであろう。入り口の上には、無知蒙昧な輩《やから》が神聖だと考えている聖書からの文章を刻みつけてある。それを無視する者に災いあれ。

サミュエル・ウィンチカム

天上の人を称えよ《ラウス・プリンチピ・アエリス》

デイヴィスと私は無言で顔を見合わせた。二人とも同じことを考えていた。先に口を開いたのはデイヴィスの方だった。老人の方を向き、こう言ったのだ。「ここはウィンチカム氏のご先祖の墓だ。元どおりきちんとふさがなくてはならない。ご主人の事故からまもないことでもあり、ウィンチカム夫人には絶対に心配をかけたくないので、この件については誰にも洩らさないと約束してもらいたい。こういう時期に、あれこれ噂をされるのは避けたいんだ」

老人はまっすぐデイヴィスに視線を向けると、噛みしめるように答えた。「わしは誰にも言わんです」

それきり何も言わず、かがみこんで納骨堂を覆っていた石板を戻す作業にとりかかった。私たちも手伝って石材をきちんと置き、全員で島をあとにした。ディヴィスは老人にあとで戻ってきて、小さな橋をはずすように命じた。それによって、禍々しい秘密を抱えた島に本土から行けないようにしたのだ。

丘を登りながら、私は老人についてたずねた。「彼は信頼できるのかい？　本当に黙らせておくことができるものだろうか？」

「彼の一家は三代にわたって地所で暮らしてきているんです。老トーマス・ベイカーが、一切口外しないと誓ったら、その秘密はきちんと守られると考えて大丈夫ですよ。よかった、発見したのが彼で、別の若い者でなくて」

屋敷の書斎でその件について話し合い、メアリ・ウィンチカムが生きている限り、この奇妙な発見については決して公にしないということで合意した。一カ月前に彼女が亡くなったので、私はこの不思議な歴史について語る自由を手に入れたわけだ。当時、私たちは日記と墓にあった書類を燃やした。そうする前に、もう一度羊皮紙を読み直した。

「ここに書かれている、入り口の上に刻みつけてある文章というのはどういう意味でしょう？」デイヴィスがたずねた。

文章！　記憶していた刻印 CCL.X.IX を書いてみた。なんて愚かだったのだろう！　ローマ数字だったらピリオドなんてつかない。もちろん、なくなっている文字はEだ。Eccl.x.ix、コヘレトの言葉、十章九節という意味だったのだ。

急いで聖書を開き、その文章を探して読み上げた。

「石を切り出す者は石に傷つき、木を割る者は木の難に遭う」

アラバスターの手

THE ALABASTER HAND

「コチラニ宿泊ノウエ至急助言求メタシ　ブランドン・セント・ジャイルズ牧師館　トラヴァース」私はその返信料前納電報をいささか驚きながら眺めた。セシル・トラヴァースが私の助言を必要とするような要件は、まったく思いつかなかった。それでも、お茶の時間までにはそちらに到着するという返信を送ってから、もう一度『タイムズ』を手にとって読みはじめた。しかし、紙面に集中するのはむずかしく、セシル・トラヴァースがこれほど急いで私を呼び寄せるとは、何が起きたのだろうと、あれこれ頭をひねってばかりだった。だいたい彼とは親密な関係でもなかった。それどころか、二年前に彼の父親が亡くなった後、一度も会っていない。彼の父親とはケンブリッジ大学でいっしょに学んだ仲だったので、息子の将来にもそこそこ関心を持ってはいた。とはいえ、その息子はもはや子供ではなく、三十を超えているはずだ。もちろん、仕事上の相談をしたいわけではないだろう。あきらかにこちらの専門とは畑違いだ。セシル・トラヴァースは私にとって〝筋肉的キリスト教〟そのものだった。ケンブリッジ大学時代、成績の方はきわめてお粗末だったが、ラガー・ブルーの選手で、しかも戦後のチームで最高のウィングの一人に数えられていた。聖職に就く運命だったようで、聖職位授与式をすませるとブリストルの貧困地区で副牧師として八年間奉職した。そこで彼が成功をおさめることができたのは、ときどきラグビーフィールドに登場したおかげと言えるだろう。彼が自ら認めているように、説教そのものよりも、土曜の午後に成功させたトライが、教会により多くの人々を招き寄せたのだ。およそ九カ月前、トラヴァースは異動により、ノリッジから十六キロほど離れたブランドン・セント・ジャイルズで暮らすことになったのだった。

十一月の月曜の午後三時、私はその村に向かう途中だった。心地のいい幸福感に包まれていた。ダイムラーであっという間に目的地まで到達し、旅が終わりに近づくと、速度を緩め、あたりを見回した。これまでイースト・アングリア地方にはさほど心惹かれたことがなかったし、どうやらトラヴァースはとりわけ寂れた一帯に住んでいるようだった。寒々しい平坦な風景に早くも霧がかかりはじめていたので、車内の暖かさがいっそうありがたく感じられる。なだらかな坂道を登りきると、ブランドン・セント・ジャイルズの小さな村が目の前に広がった。ありふれた村で、右や左にいくつかの農場が点在し、真っ正面にはこぢんまりした集落があった。道路沿いには三軒の商店と一、二軒のジョージ王朝様式の小さな家が建っている。その村で唯一の目立つ建物は教会だ。多くのイースト・アングリアの教会と同じように、小さな教区にもかかわらず、とてつもなく大きな教会だった。羊毛業で儲けた富で十五世紀に建設されたとおぼしき見事な垂直様式の建物だ。農場主が一代で資産家になることができた時代の名残である。教会の向こうに牧師館があり、感じのいい石造りの家に通じる狭い私道に車を乗り入れた。呼び鈴を押すとメイドが現れ、客間に案内してくれた。部屋では薪の炎が赤々と燃えている。

「牧師さまはようやく起きられるようになりましたので、すぐに下りてまいります」メイドは言った。そのとき初めて、私は友人が病気だったことを知らされたのだった。そこでどのぐらい寝付いているのかとたずねた。

「ゆうべ、礼拝のときにご気分が悪くなりまして。でも、今日はお加減がかなりよくなったようですよ」その会話の最中に、起きていて出迎えなかったことを詫びながら、主《あるじ》が部屋に入ってきた。

「すぐに駆けつけていただき、心から感謝申し上げます」彼は手振りでメイドを下がらせた。「ただ、こちらにおいでいただいたことを骨折り損だったとはお感じにならないはずです。というのも、あなたは」ちょっと口ごもってから続けた。「いわゆる超自然現象にご関心があると存じていますので。ゆうべ私が遭遇した実に奇妙な経験について、ぜひご意見をいただきたいのです。その件で、すっかり精神が参ってしまいまして」

私はトラヴァースを見た。いつもの健康そうな顔色とはほど遠かった。

「もちろん、お望みのように、いかなるアドバイスでもしよう。では、話を聞かせてもらおうか」彼はちらっと腕時計を見た。

「まず教会にご案内したいのですが。暗くなる前に。お茶まで少し時間がありますから」

牧師館の庭を突っ切って、塀に開けられた戸口をくぐると、そこは教会墓地になっていた。トラヴァースは先に立ち、控え壁で支えられた北側の塀を迂回するように伸びている、墓石の間の小道を進んでいった。東端の聖具保管室から入っていき、聖歌隊席に出た。見事な彫刻がほどこされた聖歌隊席の両側の仕切りは、祭壇の階段まで続いている。トラヴァースは祭壇に向かうと、その右側の壁のくぼみに安置された墓を指さした――私の目には、いささかおずおずとした仕草に見えた。

「あれをどう思いますか?」彼はたずねた。

私は墓石をじっくりと検分した。墓を覆っている平らな石板の上には雪花石膏《アラバスター》の像が横臥していた。司祭のローブをまとって飾り紐を腰に巻いている。見事に彫られた像で、とりわけ鷲鼻の禁欲的な風貌はすばらしかった。ただ、手と腕の位置は風変わりで、実際、そういう像はこれまでに見たことがなかった。胸の前で両手を組む、あるいは胸で手を合わせて祈りを捧げる、といった伝統的なポーズではなく、片方の手はローブのひだに差しこまれ、私に近い方のもう片方の手は、像が横たわっている石版の端から突き出し、前方へ差しのべられていたのだ。

手の先には祭壇があった。あきらかに聖歌隊席は彫像よりも後から造られたもので、列のいちばん上の仕切りは墓にほぼぴったりくっつき、日の光が入らない暗いくぼみに墓を封じこめていた。

「実に見事だし、驚くほど保存状態がいいね」私は意見を述べた。「誰もが近づけない場所にあったことで、うまく保存されてきたのだろう」

「墓碑銘についてはどう思われますか？」彼は墓の脇に深く刻まれたラテン語の文字を指さした。私はそれを調べてから翻訳した。

「ここにウォルター・ヒンクマンの亡骸が眠る。西暦一四七〇年に生まれ、一五三六年四月二十七日にこの世を去った。三十年間にわたって、このブランドン・セント・ジャイルズの教区牧師を務め、会衆たちにこよなく愛されてきた。この記念碑は西暦一五三八年に後継者であるカルトジオ会出身のジョン・メルコムによって建立された」

その下にはラテン語の六歩格の詩文が刻まれていた。

エン！　マヌス　エテルノス　ベネランダ　エスト　サンクタ　ペル　アノス

そして、私はそれをこう解釈した。「見よ！　聖人たちの一団は永遠に崇められるべきである」

「〝サンクタ〟と〝マヌス〟はどう訳したんですか？」トラヴァースがたずねた。

「〝聖なる一団〟とか〝聖人たちの一団〟だ」

「〝マヌス〟は手の意味で使われているとは思いませんか？」

「もちろん〝聖なる手〟という意味にもなるが、たぶんそうではないだろう。それだと意味が通じない」

「でも、彫像の手はかなり目立っていませんか？」納得できないようだった。「像そのものについてはどうお考えですか？」

「それほど非凡とは言えないものの、宗教改革後の雪花石膏《アラバスター》像のすぐれた一例だね。チチェスターのシャーバーン主教の像を知っているかい？　ほぼ同時期のものだが、ずっと精緻に造られている」

トラヴァースは首を振った。「私は古美術研究家ではないので。少年時代は試合に忙殺されていたし、貧困教区に配属されて考古学の研究をする時間がとれる副牧師がいたら、顔を見てみたいですよ。この像について他に奇妙なところはありませんか？」

「ないんじゃないかな。腕の配置以外には。こういう姿勢は他には見たことがない気がするからね。もちろん、教区の牧師にしては金のかかった記念碑だが、このぐらいの出来映えの像なら、いくつか見たことがあるよ。たとえば、チェシアのウィルムズロウにはよくできた像がある」

私はこの件に対して興味が薄れてきた。

「教会を案内してもらえないかな？　とても美しいガラスがあると聞いているが」

「それは明日の朝にでも」彼はあわてたように言った。「そろそろ戻ってお茶にしましょう」

そして聖具保管室のドアを抜けながら、つけ加えた。「頭がおかしいと思われるかもしれませんが、正直に言うと、暗くなってから教会の中にいたくないんです。でも、それについてはお茶のときにすべてお話ししますよ」

牧師館の客間に戻り、勢いよく燃える暖炉の火の前に腰を落ち着けると、お茶が運ばれてきた。主人役としてお茶を注ぐ儀式をすませると、彼は私を呼んだ理由について語りだした。最初はためらいがちにしゃべっていたが、話が進むにつれ、しだいにその口調は熱を帯びはじめた。

「おそらくご存じでしょうが、私は二月にこの教区に赴任しました。前任者が高齢になり、引退することになったのです。彼は四十年近く牧師を務めていました。引き継ぐ前に、一週間ほどこちらに滞在し、教区委員たちに紹介されたり、教区を案内してもらったりしました。彼は有益な助言をたくさん与えてくれました。教区の住人の大半を子供の頃から知っていましたからね。ただし、ひとつだけ妙にひっかかることがありました。聖職者席について質問したときのことです。聖職者席が聖具保管室のわきの祭壇下にあるのにお気づきになったと思いますが、通路の反対側にも同様な聖職者席が設けられているのです。ご案内した墓にぴったりくっつくようにして。実は、そちらの聖職者席は慣例により決して使ってはいけないことになっている、と前任者に教えられました。当然、私はその理由をたずねましたが、四十年近く前に彼が引き継いだ前任者からの禁止事項だったので、自分が伝えられたとおり、その言葉を繰り返しているだけだ、という答えでした。つまり、一世紀近く、誰もその聖職者席を使っていないということです。老牧師はその理由を知らないまま、その土地の慣習を尊重してきた。私もそれにならいました。新しい教区を引き継いだときに、長年の伝統を無視するのはまずい。教区民を動揺させますからね。というわけで、昨夜の晩禱のときにすわるまで、あの席が使われることはありませんでした。フェンズ［イングランド東部の低地。かっては沼沢地だった］で初めての冬を過ごしていますが、ブリストルで暮らしたあとだったせいもあり、骨の髄まで寒さが身にしみます。朝禱では聖具保管室のドアからビュービューと吹き込んでくるすきま風に、ほとほと悩まされました。晩禱に赴いたときに、ふと反対側の聖職者席にすわったらどうかと考えたのです。地元のくだらない言い伝えに敬意を払ったせいで、肺炎になったりしたら馬鹿馬鹿しい。そこで内陣を横切って、向こうの席にすわった。会衆たち全員が、それを見て目をむきましたよ。まるで私の頭がおかしくなったと言わんばかりに。聖堂番の老メイソンは激しく首を振ったが、私はすぐに立ち上がり、最初の賛美歌を伝えました。今こそ自分の存在を印象づける好機だと感じ、そのまま礼拝を始めました。聖歌隊はいつもとちがう私の席にも慣れたようで、第二日課までは通常通りに礼拝が進んでいきました。お気づきかもしれませんが、ここはまだ電灯が設置されてなく、石油ランプはあまり明るくなかったので、その頃にはかなり暗くなっていました。第二日課は、地主である老ハートウェル大佐が朗読していました。私は身廊を見下ろしながらぼんやりしているうちに、あろうことか眠くなってきました。そのとき、祭服がいきなりぐいっとひっぱられ、同時に膝を何かにつかまれたのです。驚きのあまり、さっと下に手を伸ばすと、指が誰かの指に触れた。彫像の雪花石膏《アラバスター》の氷のように冷たい指が動いて、私の手を握ろうとしていたのでした。そのあとは何が起きたのかわかりません。悲鳴を上げて気を失ったところまでは覚えています。メイソンによると、私は立ち上がるや、騒々しい音を立てて聖職者席で勢いよく前のめりに倒れこんだとか。当然ながら礼拝は中止になりました。ここまで運ばれ、ベッドに寝かされたそうです。一時間ほどして意識を取り戻し、医者に睡眠薬を処方されました。今朝、メイソンから如才なく状況を聞き出しました。昏倒したあと真っ先に私のところに駆けつけたのはメイソンだったのです。自分が見たとき、墓の像はいつもとまったく変わらなかった、と彼は断言しました。つまり、すべて私の想像ということになる。しかし、あの光景は鮮明そのものだったし、雪花石膏《アラバスター》の手に触れた感触があまりにも生々しかったので、何もかも幻覚だとはにわかに信じられないのです。聖職者席が決して使用されない伝統ができた理由について、メイソンを問いただしてみたが、彼には理由がまったくわからないし、地元で知っている人間は誰もいないと主張しています。どう思われますか？」

「ううむ。できることがあるとしたら墓を暴くことだな」

「そうおっしゃるのではないかと恐れていました。率直に申し上げると、そうした手順によって引き起こされる世間の注目にはとうてい耐えられそうにありません。主教の指示や内務省の許可をとるなら、内密に事を運ぶわけにはいかないでしょう。自分は新参者なのに、ゆうべの大胆な行動によって地元の根深い迷信を揺るがしてしまった。他に何か手立てがないでしょうか？」

「とりあえず元の聖職者席にすわるようにしたまえ。そして、墓に埋葬されている人物について調査してみるから、少し時間をくれないかな。碑文をメモしていき、朝になったら彫像の写真を撮ろう。もちろん、何か判明するとは約束できないが、他にいい方法は思いつかないよ」

それっきり、訪問中にこの話に関連するようなことは起きなかったので、私は翌日、ロンドンに戻った。

さて当時、私は多忙をきわめていたので、この問題に自分自身で取り組めるようになるのは数週間後になりそうだった。そこで、まずメモを旧友のアンドルーズ神父に送った。彼は英国カルトジオ会の歴史について深く研究していたからだ。それどころか、彼自身がその修道会の一員だった。三日後、神父から電話があった。

「明日、ブランドン・セント・ジャイルズに連れていってもらえないだろうか？　きみに代わって問題を解決できると思うのだが、現地でその彫像を見るまでは何も言いたくないんだ」

十時にリヴァプール・ストリート駅で待ち合わせる約束をすると、私は訪問予定を電報でトラヴァースに知らせた。

予定どおり、アンドルーズ神父と駅で落ち合った。ホームは混雑していたが、がっちりした背の低い聖職者を見つけるのは造作もなかった。驚いたことに、彼は職人らしき年配の男といっしょで、男は工具箱とおぼしきものを携えていた。男はシムソン氏と紹介されたが、なぜ同行したかについての説明はなかった。トラヴァースはノリッジでわれわれを出迎えると、車で牧師館まで連れて行き昼食をふるまってくれた。食事の間じゅう、アンドルーズ神父はよもやま話をするばかりで、訪問の目的については一切触れなかった。肝心の問題についてだんまりを決めこんでいることは腹にすえかねたが、長年のつきあいで、彼が謎めいた状況を最大限に利用してみんなをじらし、最後にあっと言わせるのが大好きだ、ということはよく知っていた。そこで、できるだけいらだちを抑えようとした。当然、気の毒なトラヴァースはそうはいかなかった。シムソンはこの状況に気圧されているようで、無表情に黙々と食事をしていた。

昼食がすむと全員で教会に行き、彫像の周囲に集まった。神父からなにやら低い声で指示され、シムソンはバッグから強力な懐中電灯を取り出した。暗いくぼみにかがみこむようにして、シムソンはそれを突きだした手の裏側に置き、スイッチを入れた。アンドルーズ神父は満足そうな声を低くもらした。まばゆい光に照らされた雪花石膏《アラバスター》の指は半透明だったが、その内部にはまちがいなく本物の手の骨が見てとれた。トラヴァースと私は驚きのあまり、息を呑んでそれを見つめた。

「手首に継ぎ目があるな」神父は白い雪花石膏《アラバスター》にかろうじて見える線を指さした。「許可をいただければ、シムソンに雪花石膏《アラバスター》の手をはずさせますよ。彼は腕のいい石工なのです。像にこれっぽっちの傷もつけずに元どおりにできると約束します」

この保証の言葉に、石工はぶっきらぼうに同意した。

見るからに気が進まない様子ながらもトラヴァースが了承すると、石工はのこぎりを工具箱から出してきた。ものの数分で手は切断された。手首の下の雪花石膏《アラバスター》は空洞になっていた。そこからアンドルーズ神父は萎びてミイラ化した手を取り出すと、うやうやしく布にくるみ、自分のアタッシェケースにしまった。それから、牧師の口からまさに発せられようとしている抗議の言葉を察して、先手を打った。

「この遺物は私の修道会にしか価値のないものです。この手が、下の墓所に埋葬されているウォルター・ヒンクマンのものでないことは断言してもいい。彼の墓を掘り返す必要はありませんよ。よかったらシムソンが手を元どおりにしている間に牧師館に戻り、すべてをご説明しましょう」

私たち三人は客間に引き返し、椅子を暖炉のそばに近づけた。アンドルーズ神父は、たった今手品を見事に成功させた手品師さながら、得意満面で私たちに笑みを向けた。

「この謎の手がかりは殉教死研究家のジョン・フォックスの人生をたどれば見つかるでしょう。そして、その不運な男の生涯と多くの類似点があるはずです。ロンドンのカルトジオ会修道院は一五三七年にヘンリー八世によって解体されたが、流血騒ぎがなかったわけではない。数人の修道士は国王の宗教上の首長権を受け入れようとしなかったので処刑された。ジョン・フォックスと、この像を建立したジョン・メルコムは、殉教者となって冠を与えられたいと考えるほど頑固ではなかった。二人とも一五三四年に発布された国王至上法に従い、聖公会で聖職禄を得た。フォックスはクィーンハイズのセント・メアリ・マグダレンで、メルコムはこの教区で。しかし、表面的には国王に従っていたが、二人ともかつての教えを頑なに信じていた。フォックスのその後の人生はよく知られていますね。カルトジオ会の統率者で殉教したホートン修道会副長の左腕を彼が祭壇にひそかに保管していることが、王の管理官たちの耳に入ったのです。フォックス自身は国外に逃亡し、無事にベルギーのルーヴァンにたどり着いたが、彼の二人の友人たちはロンドン市庁舎で起訴され、首をくくられ腸を抜かれ四つ裂きにされる刑を宣告された。その一人はボドミンのマンディー修道会副長だった。ただし、ありがたいことに、この残虐な判決はもっと慈悲深い政治をおこなっていたサマセット護国卿によって差し戻されたのです。

ジョン・メルコムの方はもっと幸運だった。彼は一五三六年にウォルター・ヒンクマンが亡くなると、この教会の後継者となった。彼もカルトジオ会の禁じられた遺物を持ってきていました。信仰のために命を落とした同僚の手です。遺物の存在が発見されたら命がないことは承知していたので、フォックスの例から教訓を学んだ彼は祭壇に隠そうとはしなかった。もっと安全でもっと巧みな隠し方を編みだしたのです。前任者の像を立て、そこに遺物を埋めこむという方法をね。この像は意図的に祭壇の隣にくっつけるようにして置かれた。その事実に彼がひそかに悦に入っていたことは想像にかたくありません。会衆たちは祭壇にうやうやしくお辞儀するとき、隠された遺物にも知らずに敬意を表していたのですからね。虚栄、あるいはおそらくはユーモアセンスから、彼は隠し場所に謎めいた碑文を彫りつけた。もちろん墓の六歩格の詩にあった〝サンクタ〟と〝マヌス〟は〝聖なる手〟の意味ですよ。

以上が遺物の存在の説明です」神父はしめくくった。「ただし」とつけ加えた眼鏡の奥の目はいたずらっぽくきらめいていた。「この遺物が実に不快なやり方で聖公会の牧師に存在を示したのはなぜか、それについて説明するつもりはありませんよ」

トプリー屋敷の競売

THE TOPLEY PLACE SALE

「トプリー屋敷の競売について洗いざらい話してもらえるとうれしいんだが」

「どういう意味だね、〝洗いざらい〟とは？」私の友人はたずねた。

「だって、あの競売に関連して、かなり妙なことが起きたという噂は耳にしているんだが、当時は公にならなかっただろう」

イアン・マクスウェルは有名な美術品競売会社のメンバーだったが、昼食のテーブル越しに私の真意をはかろうとするような目つきを向けてきた。

「どうやら情報を聞き出そうとしているようだな。きみがどの程度知っているのかは見当もつかないが、あの件に関してあれこれ噂されているなら、真相を知っておいた方がいいだろう。

半年ほど前に、ダントンという名前の男が会いにやって来た。名前だけは知っている男だった。株式仲買人で、以前、彼の会社と取引をしたことがあったんだ。トプリー屋敷を相続したばかりだという話だった。つまり亡くなったばかりのサー・ロバート・トプリーの甥だったわけだ。真っ先に思ったのは、ダントンは裕福だから、トプリー屋敷に金を費やせる人間が所有者になってよかった、ということだった。あそこは壮麗な屋敷だが、少々手を加える必要があったんだ。きみはあの屋敷のことを知らないかもしれないな。十年ぐらい前に『カントリー・ライフ』でこう評されたんだよ——完璧に保存されているジャコビアン様式の屋敷。

で、当然ながら私はダントンの幸運を祝ったが、彼はさほど喜んでいる様子ではなかった。あれは金のかかる厄介物で、足の便が悪くて不都合だから、あそこに住むことはまったく考えていない、店子《たなこ》が見つかれば貸したい、そう言うのだ。それからこう続けた。

『あそこにはいくつかとても上等な家具があるらしいね、それに絵も。明日、初めてあっちに行くので、誰かいっしょに来てもらいたいんだ。あの老人とはさほど親しくなかった。実を言うと、いちばん近い血縁だったおかげで相続したにすぎないんだよ』

喜んでお供しますよ、と答え、特別に興味をお持ちの絵はあるのかとたずねた。彼のこの答えを聞けば、どういう人間かよくわかるだろうね。

『絵のことはさっぱりわからない。だが、これだけは言っておく。売れそうなものは何であれ、そのままロンドンに運んでほしい。この私は何千ポンドもの価値のある資産を屋敷にただ飾っておくような人間じゃないんだ。ああいうものに対する思い入れなんて、これっぽっちもないよ。先日、ある人間が金を少し工面してくれと相談しにやって来た。金に困っているという説明だったが、食堂にゲーンズバラの絵を二枚かけているんだぞ！　明日、トプリーまでいっしょに来て、よさそうなものを選んでくれたら、このシーズンに売りに出したいと思っている。ぐずぐずしている必要はない。目下、価格が高騰しているのは知っているし、売上金には五パーセントの利息がつくかもしれないんだからな』

さて、知ってのとおり、美術品の売却は私の仕事だから、この提案に喜ぶべきだった。しかし、亡くなったおじの所持品が散逸するというのに、やけに売却に意気込んでいるダントンに対して嫌悪に近い気持ちがこみ上げてきたんだ。そもそも彼は金など必要としていないんだからね。しかし、当然ながら私は承知して、翌日パディントン駅で十時に待ち合わせた。

サマセットまで無難に旅して、昼食時間に屋敷に到着した。実に魅力的な場所で、ていねいに手入れされてきたことは一目瞭然だったが、名所にするほどの金がなかったことも見てとれた。ダントンが初めて訪ねるというので、地所管理人は使用人全員をずらっと並ばせて、新しい主人に挨拶させた。いささか古めかしい儀式だが、私はそういうことが嫌いではない。そのとき初めて、ダントンが完全な部外者だということに気づいた。状況からして、彼はその場でちょっとしたスピーチをするべきだった。にもかかわらず、礼儀正しくふるまう努力をするどころか、使用人たちの削減について本人たちの前で口にするという、とんでもなく悪趣味な行動に出たんだ。地所管理人は使用人たちを下がらせると、屋敷を案内してくれた。エリオットという地所管理人はとても控えめな人間で年の頃は五十ぐらい、ほぼ三十年近くここで働いていた。もちろん、絵や家具を屋敷から運び出すために私を連れてきたと知るやいなや、私に対して敵意をあらわにしたが、責める気にはなれないよ。ダントンは彼を軽んじたし、私はダントンに雇われた専門家としてその場にいたのだからね。あんなにばつの悪い思いをした日はなかったよ。家の中を見て回ることにかけては百戦錬磨のこの私でもね。

確かに、とても値の張るものがいくつかあったので、私は見て回りながらリストを作っていった。ゴブラン織りの大きなタペストリー、とても美しい甲冑、上等な食堂用テーブル、実にすばらしいウィリアム・アンド・メアリー様式の戸棚二点、その他値がつきそうなたくさんの家具。絵も有望だった。飛び抜けた傑作はなかったが、大半がすぐれた英国人画家の風景画でリチャード・ウィルソンも一枚あった。さらにヨハン・ゾファニーが二枚、フランチェスコ・グアルディの魅力的な絵が一枚。書斎には現代的な絵画が数枚あったが、どれもたいした金にはなりそうもなかった。ただし、初期のオーガスタス・ジョンが描いた巨大な肖像画は別だ。モデルはダントン本人だった。かれこれ三十年ぐらい前だろう。ダントンはおじが一九一〇年に発注したと言った。目の前の顔と絵の中の顔を興味しんしんで比べてみて、経済的成功によって現在の顔立ちが作られ、そのせいで絵にはない独善的な雰囲気を漂わせるようになったことに気づいた。ただし、二十代初めにしてすでに、彼の口元は現在の非情な輪郭を描いていた。

まさか自分の肖像画を売りたがるとは思わなかったが、これはいくらぐらいになるかと彼は言いだした。私が三、四〇〇ポンドだろうと概算を伝えると、一九一〇年におじは画家に一〇〇ギニーしか払わなかったんだと、実にうれしそうに回想していた。

『おじにとって最高の投資だったな。他のものといっしょにこれも送ってくれ』

そこで私はリストにつけ加え、さらに先に進んだ。

地所管理人が気の毒でならなかったよ。彼はこの屋敷とともに生きてきて、まちがいなく心から屋敷を誇りに思っているはずだ。新しい主人が裕福だということを聞いて、あれやこれやの修繕を期待していたことは想像にかたくない。しかし、修繕どころか、ダントンは屋敷の宝物を根こそぎ略奪することに熱心なようだった。それでもエリオットは口数こそ少なかったが、部屋から部屋へと私たちを案内してくれた。

小さな客間に入り、壁にかけられた海軍士官の絵の前で足を止めた。テーブルには彼の所持品とおぼしきものが並べられていた——大きな銀製の望遠鏡、献辞が刻まれた金メッキの礼装用佩刀《はいとう》、美しい彫刻がほどこされたピストル二丁。そばのケースには海軍の制服がおさめられている。エリオットはそれらを指さし、断固たる口調で言った。

『さてさて、これらはどうあっても売れませんよ。先祖伝来の宝ですし、限嗣相続財産ですから』

ダントンはむっとして地所管理人に向き直った。『私のやることに口をはさまないでくれ』声を荒げた。『相続の条件を知らないとでも思ってるのか？　私は賃借人じゃない――おじと同じように、この地所を単独で所有しているんだ。したがって、私が選んだ物は何でも売ることができる。ついでに伝えておくが、その件できみのアドバイスが必要なときはそう言うよ』

私はあわてて仲裁に入った。

『これらは市場に出してもたいした金にならないと思いますよ。一族にとっては大きな価値があるが、コレクターの関心を惹くほど時代が古くない。数ポンドでも売れるかどうか疑わしいですね』

ダントンは私の意見を無視し、地所管理人を冷たくにらみながら告げた。

『これをリストに載せてくれ』

そう、この男はサディストだった。エリオットに誰が主人かを思い知らせるためだけに売りに出したのだ。地所管理人が売ることができないと口にしなかったら、ダントンは私の忠告を聞き入れていただろう。というわけで、私はそれらをリストに書き留めるしかなかった。きっとすぐに売れるだろうが、競売室で数ポンド稼ぐために、本来置いておくべき場所から移すのはまったく無用なことに思えた。地所管理人は怒りのあまり顔が蒼白になった。ダントンに思っていることをずけずけと言い返すにちがいない、と私は予想した。しかし、彼は感情を抑えこみ、ただこう言うにとどめた。

『その件の法的な側面については、あなたのおっしゃるとおりです。実際、売却を禁じられることはないでしょう。しかし、忠告させていただきますが、思い直した方がよろしいですよ。トプリー提督は短気な方でした。私なら提督の命令を無視するような真似はしないでしょう。たとえ百年前に亡くなっているとしてもです。この形見の品々は屋敷内で保管するように、というのがトプリー提督の希望でした。あなたはその要求を尊重されるものと考えておりました。しかし、この件で私がどう言おうと、人の意見には左右されないでしょうね。ただし、警告はしておきましたよ』

そう言うなり、彼は回れ右をして立ち去った。ダントンは憤慨するどころか、おもしろがっているようだった。いかにも感傷的なできごとだったが、感傷はダントンにとっては滑稽なほど価値がないものだったからだ。

私は肖像画をじっくりと眺めた。あきらかに一流画家の手になるものではなかったが、観る者は描かれた人物に感銘を受けるにちがいなかった。ネルソン提督時代の制服姿の海軍士官が等身大で描かれている。彼はネルソンと同じく片方の腕がなかった。中身のない左袖は胸に留めつけられている。誇り高い傲岸不遜な顔つきの男で、命令を下し、それが迅速に遂行されることに慣れているにちがいなかった。鷲鼻で、高い頬骨。これほど貴族的な顔にはめったにお目にかかれない。風雨にさらされ、長時間、太陽の下で過ごしてきたせいでマホガニー色に灼けた肌色を、画家は実に巧みにとらえていた。おそらくこの男は短気だっただろうと、エリオットの意見に同感した。自分の望みが邪魔されることには絶対に我慢ならないという顔つきをしていたし、いかなる侮辱にも激しい怒りをほとばしらせただろう。

私たちは先に進んでいき、さらに競売にかける品をいくつか見つけた。その晩ロンドンに戻ったとき、私は心から満足していてしかるべきだった。しかし、ダントンの専横ぶりとエリオットの苦悩が頭から去らなかった。しかし、クライアントと争うのは得策ではないし、うちの会社が競売を請け負わなかったら、彼はさっさと別の競売会社を見つけるに決まっていた。それにトプリー屋敷の競売は、まちがいなく、いささか退屈なシーズンの目玉になるだろう。

こうして社のスタッフが招集され、私たちは目録の準備にとりかかった。絵画担当者は競売の品々に大いに喜び、グアルディを大きくとりあげることにした。トプリー提督の肖像画と形見の品々は、私自身で目録を作ることにした。亡き老人を喜ばせ、目録で彼を賞賛したいという説明のつかない衝動に駆られたのだ。そこで彼とそのキャリアについての情報を探したが、たいして見つからなかった。海軍では著名人ではなく、一八〇七年に引退する一年前にやっと少将になった。一七九〇年に決闘をして、相手は傷がもとで命を落としたことがわかったが、その事件はキャリアには影響を及ぼさなかったようだ。というのも、相手はキャンパーダウンで戦列艦に乗り組んでいた大佐でトプリー提督の部下だったからだ。その戦場で提督は腕を失った。銀メッキの剣は当時彼が住んでいたウェルズ市から贈呈されたものだ。一八〇四年にトプリー屋敷を相続したが、そこに腰を落ち着けたのは六年後だった。その後は一八三一年に八十三歳で亡くなるまで、その屋敷で暮らした。老人の遺品がもたらすだろう売り上げに比べ、あまりにも多くの時間を調査に費やすものだから周囲にさんざんからかわれたが、私は気にしなかった。

目録を印刷して送付した。きみにも一部送ったと思う。競売の一週間前、大きなギャラリーに競売品を飾った。アルコーヴに提督の肖像画をかけ、その前のテーブルに二丁のピストル、剣、望遠鏡、制服を並べた。額縁の隅にロット番号をふられた提督を見て、私はひどく恥じ入る気持ちになったよ。いつも以上に彼が居丈高に見えたからだ。何人かの有望な購買者が提督に興味を持ってくれるように精一杯の努力をし、グリニッジの海事博物館とウェルズ市に彼の剣について手紙を書いたが、すべての品を合わせても二十五ポンド以上にはなりそうもなかった。かたや、ジョンが描いたダントンの肖像画は業者からも個人コレクターからも多くの関心を集め、きみには忌憚なく打ち明けるが、かなり高額の入札の申し出がいくつかあった。

ここまでの話にはまったく不審なところはないと思っただろうね。だが、競売の直前にきわめて奇妙なことが起きたんだ。私がこれほど深く関わっていなくて、詳細に至るまでこの目で見ていなかったら、ありえないことだと一笑に付しただろう。きみも知ってのとおり、われわれは夜警を雇っている。ギャラリーにはしばしば五万ポンドもするような品も置いてあるから、危険を冒すわけにはいかないんだ。夜警は非常に信頼できる人間で、もう何年もうちで働いている近衛旅団の元軍曹だ。競売の朝、彼が非常に不安そうな顔で私のオフィスで待っていた。夜中に建物内のどこかで銃声が聞こえた気がして、一階に下りていった、と彼は説明した。念入りに調べたが、何も見つけられなかったので、結局、外の車のバックファイアだろうと、当然の推測をした。しかし朝になってみると、ダントンの肖像画が傷つけられているのを発見した。

もちろん、それを聞くなり、私は肖像画を調べるためにあわててギャラリーに向かった。そこで目にしたものを話しても、とうてい信じてもらえないだろうね。頭に丸い穴が開いていて、その穴は至近距離から銃で撃たれたみたいに縁が黒く焦げていたんだ。背後の壁にはまったく弾痕がなかったし、不思議なことに、提督のピストルの一丁が発射されていた。それについてはまちがいなかった。二丁とも完璧に清掃されていたのだが、そのときに見ると片方の銃口が汚れていた。

まずダントンに知らせなくてはと考えた。もちろん絵には保険がかけてあったが、競売品から除かなくてはならない。彼の家に連絡がつくと、その朝二度目のショックを受けた。というのも、ダントンは夜間に心臓発作を起こして亡くなっていたんだ。どうやらまったく予想外のことでもなかったらしい。彼の心臓は何年も前から不調だったようだ。

確かに、これはまったくの偶然だったのかもしれない。頭のおかしい人間がわれわれのギャラリーに侵入し、肖像画を傷つけたのかもしれない。そして、まさにその夜にダントンが亡くなったのは、あくまで偶然の一致だったのかもしれない。しかし、私もきみも、それが正しい説明ではないと知っているね。それは今のところ人間の経験では説明できないような事柄のひとつだったんだ。

こうして競売は延期せざるをえなかった。その計画を進める前に、新しい所有者の指示を仰がねばならなかったからだ。ダントンは未婚で、彼の相続人は既婚の妹だった。彼女と夫はトプリー屋敷に住めることに有頂天になり、競売にはまったく耳を貸そうとしなかった。すべての品は屋敷に戻された。先日、また屋敷に行ってみたんだ。提督の肖像画は本来の場所に戻されていて、彼のせいでシーズン最高の競売が中止になったにもかかわらず、そこに飾られた提督と再会できてうれしかったよ。それに、将来のトプリー屋敷の所有者が誰になろうと、今後は肖像画をそそくさと競売会場に送りこむとは思えないからね」

チューダー様式の煙突

THE TUDOR CHIMNEY

私は徹底したメモ魔だ。長年にわたって古美術研究をしてきたせいで莫大な量の資料がたまっている。棚にずらっと並ぶノートや、戸棚やトランクに詰め込まれた書類は、私の情熱と、願わくば勤勉さの証だと思いたい。そうしたものはひとつたりとも捨てることができなかった。がらくた蒐集癖が身にしみついているからだ。今のところ、母親のような女友達たちの「そのがらくたを一切合切片づけなさいな」という干渉をうまくかわし、三十年前に興味や関心を惹いた事柄を記した備忘録をときおり読み返しては、愉悦を味わっている。ひとつだけ後悔があった。若くて野心にあふれていたとき、すべてのメモにきちんと索引をつけようと決心したものの、実行したのは三カ月足らずだったことだ。今ではその作業は考えるだけで気が遠くなりそうだった。幸いにも、私は平均以上の記憶力に恵まれている。とりわけ、もっと合理的な友人が「無用な知識の断片」と無礼にもけなす分野に関しては。しかも、こうした軽んじられていた知識の断片が、あるとき非常に役立ってくれたのである。

サイモン・ヴェンから初めてその計画について聞かされたとき、私は熱くなって後押しした。なにしろ彼はとても裕福だったからだ。荒廃した屋敷を元の壮麗な建物に復元するという目論見は、薄給の大学教授ではどだい無理な相談だ。そもそも、屋敷だけなら二束三文で買えるかもしれないが、いい掘り出し物をしたという満足感は、屋敷を検分する建築家のしかめ面や、地元の建設業者のさらに不穏な報告によってぺしゃんこにされるだろう。しかし、そういう数々の障害も、百年前からのウィスキー醸造所という盤石の財産を持つ人間にとっては、ほとんど問題にならない。むしろ、改装にうってつけの屋敷を見つけることが意外にもむずかしいことが判明した。楽観的な不動産業者に勧められた物件をたぶん何十も見学した、という話だ。ヴェンが探していたのは本物の〝チューダー様式〟の屋敷だ。十八世紀以前に建てられたとは思えない煉瓦造りの家や、一八五一年の大博覧会前のデザインではありえない〝ジョージ王朝様式〟まがいの家ではない。ひとつかふたつ非の打ち所のない屋敷を見つけたが、昨今の開発のせいで屋敷の周囲が絶望的なほど荒廃していたり、その屋敷にふさわしい壮麗な敷地ではなかったりした。そんなこんなで、ヴェンは余剰資産を望みどおりに消費することに希望を失いかけ、いらだちのあまり南フランスに引っ越してしまった。

次の五月、一九二四年になって、私はまたヴェンから連絡をもらった。イギリスに戻ってきていて、自分の計画にぴったりの屋敷をバークシャーに見つけたというのだ。手紙には喜びにあふれた言葉が綴られていて、その熱狂ぶりが伝わってきた。こちらまで屋敷を見に来てもらえれば、これ以上の喜びはない。購入手続きはすでに完了し、すでに改装作業が始まっている。ただし屋敷を文章で説明するつもりはない――どんな美辞麗句を連ねても、その魅力を充分に語り尽くせないからだ。とまあ、そんな調子で手紙は続き、車で行く際の詳しい道順が記されていた。手紙はオールド・ホール、ディデンナムという住所になっている。友人の情報によると、ワンテージとランボーンに広がる丘陵、ダウンズにある村だ。そうした招待は大歓迎だった。予定表を調べ、電話でいくつか罪のない嘘をつき、どうにか四日間の予定を空けた。ヴェンに電報を打ち、あわただしく荷造りすると、準備は完了した。正午にはグレート・ウエスト・ロードを快調に飛ばしていた。うれしいことに週半ばの朝で、道はがら空きだった。レディングでランチをとったので三十分遅れたが、二時半過ぎには目的地まであと少しのところまで来ていた。ランボーンを過ぎ、ダウンズに通じる田舎道をぐんぐん登っていった。この雄大な泥灰質の台地は、かねてから私のお気に入りだった。ヴェンは古代の人々に心から愛された土地に住むことを選んだのだ。この界隈の先史学に私は通暁している――ホワイト・ホース、アフィントン城、ウェイランズ・スミシーは繰り返し訪れていた。しかし、ダウンズのこの界隈に南側からやって来たことはなかった。

頂上の少し手前で脇道に折れ、坂道を登って尾根に出ると、めざす土地とおぼしきものが眼下に広がった。車を停め、目の前の光景にうっとりと見とれた。三百メートルほど先に屋敷があった。丘陵の懐に抱かれ、三方を丘に囲まれて建っている。村は見えなかったが、右手にあるすばらしいブナの森の上に教会の塔がのぞいていた。車を停めた高みから、オールド・ホールを見下ろした。歳月を経てまろみを帯びた赤い煉瓦が、午後の日差しに輝いている。建築された時代はおそらく十六世紀初めだろうと見当をつけた。のちに、それが正確な推測だったことが判明した。〝H〟の形に建てられており、四つの先端にはそれぞれ巨大な煙突が林立し、チューダー様式の建築家が愛してやまない、螺旋状に煉瓦が組まれた煙突が見えた。煙突群のひとつを囲むように足場が組まれていたので、どうやらヴェンはさっそく作業にとりかからせたようだ。目にした地所は率直に言うとあまり期待が持てそうになかった。前面は数エーカーの何の変哲もない駐車場だったが、屋敷の裏手に高い塀の角がちらっと見えたので、奥には手入れされた庭園があるのかもしれないが。全体的にやや手入れが行き届いていない感じはしたが、荒廃とはほど遠かった。

再び車を出し、二分後には友人の従僕から笑顔で出迎えを受けていた。この男は私の古い知り合いでもあり、大変なおしゃべりだった。

「やあ、ドーソン。新しい屋敷はどうだね？」

「大変けっこうでございます。ヴェン様が改装を終えられたときには、お客様がひっきりなしにいらっしゃることでしょう。しかし、これからなさるおつもりの作業をうかがいますと、ときどき、はたして完成を見られるだろうかと不安になります――わたくしが生きているうちにという意味ですが」

「それは大変だ。だが、もちろん、それほど荒れ放題だったというわけではないんだろう？」

「正直に申しまして、クリスマスまでに作業が終わることなど、まずございませんでしょうね。ご主人様はいったい何に取り憑かれたものやら、さっぱり理解できませんよ。たとえば食堂ですが、やや狭いかもしれませんが、こぢんまりしていて――居心地がいいんです、わたくしの言う意味はおわかりかと。でも、ヴェン様は食堂を客間とつなげるばかりか、なんとまあ驚くことに、二階の床を取り払って屋根まで吹き抜けになさるおつもりなのです。そんな家は聞いたこともありません。家を暖めることを考えてください、とわたくしは申し上げたのです――」

友人が現れたので、ドーソンはいきなり口を閉じ、急にせかせかと私の鞄をとりあげた。

「おまえの話は聞こえたぞ、ドーソン」ヴェンは笑いながら言い、老人が私の荷物を持って歩み去るとつけ加えた。

「残念ながら、ドーソンはオールド・ホールを昔のように復元することを楽しみにしていないようなんだ。来てくれてうれしいよ。居心地の悪さに辟易しないといいんだが。改装の間は西棟で寝起きして、書斎で食事をとっているんだ」彼は腕時計を見た。「お茶の時間までにまだ一時間ある。屋敷をざっと案内するのにちょうどいいな。ディナーの後で改装の図面を見せるよ」

屋敷の案内について、読者に長ったらしい説明をするのは控えておこう。とりわけ、そのあとに起きたできごととはほとんど関係がないのだから。ただし、ヴェンがこれほど熱心になっていたのももっともだ、とは認めておく。屋敷の潜在的な可能性は計り知れなかった。私はくまなく見て回った。小さな塀で囲まれた十六世紀のハーブ庭園から、水平はねだし梁がのぞいている最上階の屋根裏まで。小さな塀で囲まれた十六世紀のハーブ庭園から、水平はねだし梁がのぞいている最上階の屋根裏まで。屋根までの床が撤去されたら、それは再び玄関ホールの天井になるのだろう。寝室では、元々の玄関ホールの仕切りをヴェンが誇らしげに見せてくれた。これまで羽目板で覆われてしまっていたものだ。屋敷は思っていたよりも大きかった。寝室は十四はあるにちがいなく、一階にまた戻ってきたときはちょうど四時だった。

「お茶の前に、もうひとつだけ見せたいものがあるんだ」ヴェンはそう言って、屋敷の東端にある小さな部屋に向かった。そこは作業員たちが使っている部屋のようで、バケツや梯子やありふれた身の回りの品が処狭しと置かれていた。

「あれをどう思う?」ヴェンはたずねた。「妙じゃないか?」彼が指さしていたのは暖炉だった。屋敷でもっとも古く、まちがいなくもっとも見事なものだった。巨大な石造りのチューダー様式のアーチの上に、神話の人物と紋章の図案がふんだんに彫刻されたオークの煙突の一部がのぞいている。このすばらしい遺物の奇妙な点は、煉瓦で塞がれていることだった。暖炉全体が煉瓦壁で封じこめられていたのだ。

「この部屋はかつての屋敷で小さな居間の一部になっていてね、隣の家政婦の部屋とつなげて、書斎にしようかと考えているんだ。それにしても、この壮麗な暖炉を煉瓦で塞いで、あれを代用にするなんて考えられるかい？」

片手を振って、部屋の反対側のありふれた錬鉄のストーブを指し示した。「ありがたいことに壊してはいなかったので、私の最初の仕事は、これをまた使えるようにすることなんだ」

「さほど長くはかからないだろう」私は意見を言った。「煙突そのものが傷んでなければだが」

そのとき作業員が部屋に入ってきて、ヴェンがいるのを見ると、帽子にうやうやしく触れて挨拶した。ヴェンはうなずいて話しかけた。

「この煉瓦をいくつかはずすのに、どのぐらい時間がかかるかね？」そう言いながら、ヴェンは煉瓦壁で封じこめられた部分を軽くたたいた。作業員は専門家らしくそれを調べた。

「ええと、煉瓦ひとつ分の厚みでしたら二十分ってとこですかね。試しにちょいとやってみましょうか？　真ん中だけ。端の煉瓦壁には手を出したくねえんです。壊すといけねえから。かなり慎重にやらねえといかんです」

彼はハンマーとのみをつかんだ。私たちが出ていくとき、小部屋には金属がモルタルに当たる音が反響していた。

そろそろお茶を飲み終えようとしたとき、煙突の作業をしていた男がご主人様と話したがっている、とメイドが伝えてきた。作業員は帽子を片手に、おずおずと部屋に入ってきた。

「失礼します、ご主人様。お邪魔したくなかったんですが、あの煙突に何かまずいことをしちまったんじゃないかと心配で。ご命令どおり煉瓦壁に穴を開けたんですが、そこから嫌な臭いがもれてくるんですわ。あの暖炉を塞いだ人間は誰だか知らんですが、もっともな理由があったんじゃねえですかね」

「どういう臭いなんだ?」私は質問した。

「それが、そのお、なんとも説明できねえ臭いなんです。ありゃ下水のせいじゃねえです。もしそうだったら、びっくり仰天ですね。だけど、そういうたぐいの悪臭なんですわ。燃えるはずのないものが燃えているような臭いなんです。よろしければちょっと来ていただいて、ご自分で確認してもらうわけにいきませんかね?」

私たちは立ち上がり、作業員の後について現場に戻った。部屋に入っていくと、彼の動揺の理由はあきらかだった。さほど強烈ではないもの、それでもしつこい臭いが漂っていた。台所の臭いみたいだが、清潔できちんと整頓された台所の臭いではない。焦げた脂と屑肉が放つ鼻の曲がるような臭い。控えめに言っても、不愉快だった。ヴェンが窓を開け放つと、悪臭は少し薄れた。

「煙突の中のすえた空気のせいじゃないかと思うよ」ヴェンは言った。「さらにいくつか煉瓦をはずしてみて、もっと上まで煉瓦が積まれているかどうか確認してみよう」

開口部をかなり大きくするにはものの数分もかからなかった。ヴェンは慎重に頭を入れ、さらに肩まで中に突っ込んだ。「空が見えるぞ」その声はくぐもり、かすかだった。まるで遠い所から聞こえてくるみたいだ。「臭いの原因になりそうなものは見当たらないな――」彼は鋭い悲鳴を上げ、さっと頭をひっこめたが、すでにかなりの量の塵が髪の毛にこびりついていた。煙突から何かが落ちてくるガサゴソ、ドサッという音が聞こえた。「いまいましいムクドリめ」ヴェンは壁の鏡で髪を見てぼやいた。「煙突を何かが上がっていくのが見えたぞ。かなり大きな鳥だった。ムクドリというよりもニシコクマルガラスに似ていたな。もっとも屋敷の近辺で見かけたことはないが。おそらく上に巣があるんだろう。掃除が必要なようだ」

彼が話しているときに、またゴミが煙突の中をガサガサと落ちてきて、煉瓦壁のギザギザの穴にひっかかった。私はストーブの石炭ばさみをとって、それを引きずり出した。しかし、ただの汚らしい焦げたぼろ切れだったので、嫌悪の声をもらしながら、また炉床に放りこんだ。

その日はもうそれっきり、この物語に関連したことは起きなかったと思う。ディナーをすませると、書斎で建築図面を広げて、二人で二時間ほど楽しく語り合って過ごした。ワイン貯蔵室、日光浴室、ミンストレルのギャラリー〔音楽家が演奏するバルコニー〕がさんざん話題に上がったが、読者には退屈だろうから割愛しておく。十一時頃に寝室に引き取った。階段の下でヴェンは言った。

「妙だな、あの嫌な臭いが鼻孔にこびりついてしまったようだ。さっき、まちがいなくあの臭いがした」私は鼻をくんくんさせたが、よくわからなかった。「あの部屋のドアがしっかり閉まっているか確かめてくるよ。さもないと、家じゅうに悪臭が流れていってしまう」

ほどなく彼は戻ってきた。「ちゃんと閉まっていた。中ものぞいてみたが、不思議なことに部屋の中はまったく臭いがしなかった。ともあれ、一両日中に煙突を徹底的に掃除させるよ」

彼はおやすみと言い、私は自分の部屋に行き、ぐっすり眠った。

私はそこそこ早起きだったし、翌朝、夜明けの光があまりにもまぶしかったので、ベッドでぐずぐずしている気にはなれなかった。朝食前に軽く散歩をすることにし、八時には着替えをすませた。そのせいで、思いがけず階段の下の会話を小耳にはさむことになった。会話と申し上げたが、実際にはひとりごとと呼んでもいいだろう。前日、顔を見かけた年の頃五十ぐらいのがっちりした掃除婦が、憤懣やるかたないという口調でつぶやいていたのだ。すでに顔見知りになっていた作業員が、嫌々ながらそれを聞かされていた。

「男ってのは揃いも揃ってこうだからね」掃除婦はそう愚痴っているところだった。「食べるだけ食べて、掃除は誰かがやってくれると思ってる。ああ、早くあんたたちに帰ってもらいたいもんだよ、まったく。いいかい、あたしは物わかりのいい女だけどね、同じ散らかすにしても、しょうがないってのと、そこまでしないだろうってのがあるんだよ。家を壊してるから仕方ないのかもしれないけどさ。だいたい屋敷がどうしてこのままじゃいけないのか、さっぱりわからないよ。でも、焦げた汚らしいぼろ布をあたしの清潔できれいな廊下に散らかすとなると、まるで話がちがってくる。とうてい我慢ならないね。あんたには部屋があるんだろ、その汚いぼろ布はそこに運んでいっておくれ――」

「おい、聞いてくれよ、フィッシャー夫人」作業員は遮った。「はっきり言っとくけど、あのぼろ布はおれとは関係がないからな。煙突から古いぼろ切れが出てきたが、そいつは炉床に放りこんでおいた。どうしておれが家じゅうにぼろ布をまき散らしているなんて考えるんだ？　こっちは仕事があって忙しいんだ――」

「じゃあ、とっとと仕事に行きなよ」とげとげしくフィッシャー夫人は嚙みついた。「また面倒をかけたら、ご主人様に言いつけるよ。あんたたち、みんなね。それに親方に会ったら、ひとこと釘を刺しておくよ。まったくもう手が焼けるったらない」

作業員は逃げだし、私は階段を下りていった。腹を立てた掃除婦は小さな焦げたぼろ切れを掃き集めていて、そうしながらもブツブツ文句を言い続けていた。「おはよう」私は声をかけた。「いい天気だね」

彼女は無愛想に挨拶を返してきたが、また不平不満を聞かされたらまずいと思って、急いでその前を通り過ぎた。あきらかに煙突から出てきたぼろ切れがどうして廊下にころがっていたのだろう、とぼんやりと考えた記憶がある。しかし、頭を悩ますほどのことではなさそうだった。丘の斜面を早足で上がっていき、三十分後、上機嫌で戻ってきて朝食の席についた。

その日は快適に過ぎていった。十時頃に建築家がやって来たので、三人で、前日に私がざっと案内された所をじっくりと検分した。建築家のヘンソンには好感を持った。若々しい男で、この計画に誠意と情熱を抱いているようだった。しかし、なごやかな雰囲気は、あるできごとのせいでわずかに損なわれた。屋敷のさまざまな場所で、あの煉瓦をはずした煙突からの不快な臭いをときおり感じたのだ。何度か、まちがいなくむっとする例の悪臭が嗅ぎとれた。だが、すぐに臭いは消えた。ヘンソンも臭いに気づいて口にしたが、どこから漂ってくるのか突き止めようという努力は実らなかった。調べてみたところ、煙突そのものからはまったく臭いがせず、悪臭の源は不明のままだった。煙突の筒はきわめてきれいで、鳥や巣の形跡はまったくなかった。これまた、ちょっとした謎だった。ただし、その当時、それらについて真剣に考えたとは思わないでほしい。後から起きたことを知ったうえで、今になって書いているのであって、当時はこうした些細な事実にはさほど注意を向けていなかったのだ。

もっとゆゆしき問題だと考えるようになったのは、翌朝になってからだった。朝食後、私はテラスを散歩し、それからヴェンのいる書斎に入っていった。その部屋で、彼は朝の郵便物に目を通す習慣だった。ドアを開けると、老いた従僕のドーソンがめったにないことだが椅子にすわり、主人と熱心に話し込んでいるのが目に入った。私が引き返そうとすると、ヴェンが呼び止めた。

「入ってきてくれ。それから、ちょっと話を聞いてくれ。ドーソンが幽霊を見たって言うんだ！」その口調は軽かったが、私に向けた顔は深刻で、心配しているのが伝わってきた。ヴェンは心からこの老人を愛していたのだ。老人は書斎の肘掛け椅子に背中を丸めてすわり、青ざめ、震えていた。

「ええ、そういうことなので」ドーソンは言った。「もう、ひと晩たりともこのお屋敷にはいられません。たとえ百万ポンド払うって言われてもです。こんなに長年勤めさせていただいておきながら、ご主人様の元を離れるのは本当に心苦しく思っております。それに、これ以上すばらしいご主人にお仕えすることは今後ないでしょう。でも、もうわたくしも年ですし、ゆうべのようなことがまたあったら、寿命が尽きてしまいます。一睡もできませんでしたし、この屋根の下にはどうしてもいられません。ひと晩中、階段の下に誰かが立って、わたくしをにらんでいたんです。今、こうして話していても、身の毛がよだちます」

ヴェンが言葉をはさんだ。「じゃあ、こうしたらどうかな、ドーソン。おまえは休暇をとればいい、ひと月ぐらい。ハンスタントンの結婚している妹のところに、また泊まってきたらどうだい？」

ドーソンはうなずいた。「ええまあ」

友人はたたみかけた。「では妹さんに返信料前納電報を送って、今、おまえを泊められるかどうか聞いてみよう。急いで戻ってくることはないよ――よかったら、さらにひと月休暇を延長してもかまわない。そのときまでに、この屋敷はかなりこぎれいになっているはずだ。きっと引っ越しの大騒ぎで動揺したんだろう。でも、ただちに暇をやるつもりはないよ。ひと月かふた月、休暇をとってから気持ちを決めてほしい。どうだろう？」

見るからに渋々ながら、ドーソンはその取り決めを受け入れることになった。電報が送られ、歓迎の返信が届くと、昼までにドーソンと荷物は駅に向かった。出発前に、老人は私を脇に引っ張って行った。

「どうかヴェン様のことをお願いします。ぶしつけなことを申しますが、ご主人様の身に何も起こってほしくないのです。それに、何かとんでもなく邪悪なものが、この屋敷に放たれています、本当です」

老人は悲しげに首を振り、車に乗り込むと走り去った。昼食のときにドーソンはいったい何を見たのかと、ヴェンにたずねてみた。

「そこが馬鹿馬鹿しい部分なんだ。ドーソンは明瞭な説明ができなかった、あるいはするつもりがなかったんだよ。ただただ、人影が立っていて、自分をにらんでいた、と繰り返すばかりでね。ひどく取り乱していたので、無理やり詳しい話を聞き出すのはやめておいた。その姿はぞっとするような臭いを漂わせていた、ということだけははっきりと口にした。むろん、それは示唆に富む言葉だ。あの煙突の煉瓦をとりはずすのを少々急ぎすぎたかもしれない、と思い始めたよ。当分の間、また穴を塞いでおこうかと考えている」

「一日待ってくれないか。何かわれわれの手で見つけられるかもしれない。このまま穴を塞いだら、二度とここでは心の安らぎを得られないだろう。もっとあれについて調べてみる必要があるよ。幽霊は閉じこめれば頭の中から追い払っておける、っていうものじゃないからね」

というわけで、その問題は棚上げになり、無言の同意に基づき、二人とも昼間はもうその話を持ち出さなかった。

物語の以下の部分を語るのは本当に気が進まない。この物語で、私は勇気のある人物にはとうてい見えないにちがいない。幸いそんなことは気にならないぐらいの年を重ねているものの、今になっても、あのときの恐怖とパニックは思い出したくないのだ。洗練された文化という人を守ってくれている虚飾、それがはぎとられてしまうほどの激しい感情。この世にはそういうものが存在する。それによって、人は原始的で根元的な存在に立ち返ってしまう。あの晩、私の前に立ちはだかった幽霊と面と向かったとき、自分が精神的に丸裸にされたような気がした。おっと、先走ってしまっているようだ。

ヴェンと私は書斎でいっしょに夜を過ごしていた。彼は何通か手紙を書かねばならず、私は葉巻をくゆらし、彼の蔵書を眺めているだけで心から満足していた。十時半頃に彼は書き物机から立ち、そろそろベッドに入ると言いだした。私はもう少し本を読んでいるつもりだが、それにつきあうには及ばないと答えた。彼は少し迷っているようだったので、一人で起きているのが楽しいのだ、ときっぱりと伝えた。これはたんなる空威張りではなく、そのときは何かと遭遇することになるとはこれっぽっちも思っていなかったのだ。実際、友人が立ち去ってから、本に没頭していた。私はドアからあまり遠くない場所にすわっていて、部屋を照らしているのは読書灯ひとつだけ。パイプをくゆらしながら二十分ほどしたとき、パイプを詰め直さなくてはならないことに気づいた。そのとき初めて、例の臭いが部屋に広がっていることに気づいた。あまりにもよく知るようになったあの臭いだ。胸の悪くなる悪臭を嗅いだとたん、凍りつき、耳を澄ませたが、何も聞こえなかった。それでも、部屋の雰囲気はごくわずかだが変わった。ひとつしかない照明の光が届かない闇はぐんと濃くなり、敵意に満ちた重苦しいものになった。

穏やかな五月の夜が急に冷えこみ、気がつくと私はガタガタ震えていた。すわって息を潜めながら、部屋には自分一人ではないことに気づいた。別の存在がいる。私のすぐ背後に。どうしてそれに気づいたのかはわからないが、まちがいなかった。意志の力で、ゆっくりと振り向く。強烈な好奇心をかきたてられていたからだ。今は好奇心に負けなければよかったとつくづく思う。そのとき目にしたものはいまだに脳裏から去らない。読書灯が投げかける光の輪の端に、誰かが立っていた。あれほどおぞましく厭わしい姿は二度と見たくない。男だったが、生きている人間の姿ではなかった。全身が焦げた衣類の残骸で覆われ、むきだしの脚はぞっとするほど細く、ただの焦げた皮膚と黒ずんだ骨でしかなかった。しかし、私の血を凍らせたのは頭部だった。髪の毛がなく焼けただれ、顔は目鼻のないしなびた革の仮面さながら。それはとうに死んだ男の顔だった。しかし、その目はまだ生きていた。仮面の後ろでぎらつき、悪意のこもった不吉な光をたたえ、憎悪を発散していた。

これらの言葉を書きつけるのにかかる時間よりもずっとすばやく、私はドアから飛び出して鍵を手探りした。長く使われていないせいで、錠前は固く、どうしても回ろうとしない。私が鍵と格闘している間に、何者かはドアの把手をつかみ引っ張った。パニックのあまり吐き気を覚えながら、私は片手でドアを自分の方に引っ張りながら、もう片方の手で錠前を回そうとした。ふいにガチャリと鍵が回り、気がつくと暗い廊下で汗びっしょりになり荒い息をついていた。ドアの羽目板を何かがこすり、ひっかいている音が聞こえてくる。大急ぎで階段を駆け上がり、ヴェンの部屋に向かった。彼はベッドに入っていたが、私を見るなり飛び起きた。

「どうしたっていうんだ？　何かあったのか？　ほら、すわって」鏡に映る自分の姿を見て、彼の驚愕の原因に気づいた。蒼白になって息を切らし、顔は滝のような汗で濡れている。薬戸棚から取り出したブランデーをグラスに注いでもらうと、一息にそれを飲み干し、目にしたものを語った。彼はまずドアに行くと鍵をかけた。それからベッドにまたすわり直した。

「この部屋で寝た方がいい」と提案した。「着替え室に予備のベッドがあるからこっちに運んでこよう。パジャマを探してくるよ。きみは一人で夜を過ごしたくないだろうし、もちろん私も同じだ」

夜が更けるまで、私たちはその問題について話し合った。明日は日曜だから作業員は来ない、身の回りのものを持ってランボーンの宿屋に移り、しばらくそこに滞在する、とヴェンは決めた。二人の使用人には休暇を与えればいい。改装作業は当分、昼間だけ続けるが、屋敷には誰も泊まらないことにする。この屋敷の歴史について何か知らないのか、と私は問いつめたが、ほとんど何も聞き出せなかった。大急ぎで購入したし、それまで数年間は空き家だった、この五十年ほどで所有者が何度か変わっているにちがいない、と彼は説明した。

「ひとつだけ不動産屋が言ったことを覚えている。ずっとオールド・ホールと呼ばれていたわけじゃないらしい。元々は別の名前だったんだ。確か、その名前を聞いたはずだが、どうしても今は思い出せないよ」

しばらく考えこんだ。「だめだ。役に立たないな。忘れてしまったようだ。でも、もう一度名前を聞いたらわかるだろう」

朝になったら、その線を追いかけ、屋敷に関連した地元の言い伝えを聞き回ってみようということになった。そのとき、私ははっと閃いた。

「煙突に刻まれた紋章はどうだろう？　初期の所有者が誰なのか教えてくれるはずだ。私が記憶している限りでは、三羽の鳥の頭の紋章だった――大鴉だったかな。家名を暗示する紋章のはずだ。大鴉《レイヴン》でピンとくるかい？　あるいは鴉《クロウ》かな？　もしかしたらそのいずれかに何かをくっつけた名前かもしれない――クロウバイ？　クロウリー？」

「クロウズリーだ！」ヴェンが不意に叫んだ。「それだよ！　クロウズリー・ホールが本来の名前だったんだ」

私は長い間黙りこんだ。クロウズリーという名前に頭の中のかすかな記憶が揺り起こされた。どこでそれを聞いたのだろう、とベッドの中で考えた。とうとう思い出した。二十年近く前、十九世紀初期の古美術研究家の家系学と地誌学のコレクションのうち、ウィルトシャーとバークシャー州に関連した膨大な手書きの資料を調べ、分類したときのことだ。それらはまだ彼の子孫の所有になっていた。大量のノートのどこかに、クロウズリーという名前に関連した情報を書きつけたことはほぼまちがいなかった。そこで朝になったらロンドンに行き、それを探してみてもむだではあるまいという結論を出した。

ランボーンに移る手配はヴェンに任せ、夜に向こうで合流すると約束して、私は早朝に出発した。昼間じゅう積み重ねられた書類を漁りながら、今に始まったことではないが、索引をつけておかなかったことで自分を呪った。午後も遅くなりかけたとき、思い違いではなかったことが判明した。確かにクロウズリー一族について大量のメモを残していた。とりわけ、クロウズリー・ホールを所有する分家については。しかも、二十年前に書きつけたメモは、現在の問題にあきらかに関連しているように思えた。私はただちにランボーンに引き返した。以下は、夕食後にヴェンに語った話の要旨だ。

クロウズリー一族の富は、当時の他の有名な一族と同じく、修道院解体によって入手した土地から得たものだった。トーマス・クロウズリーという人物は当時、きわめて有利な立場にいた。アビンドンのベネディクト大修道院の地所管理人をしていたので、修道院のもっとも豊かな領地をとんでもなく安く買いたたくことができたのだ。その一方、ディデンナムにこぢんまりした荘園屋敷のある土地を買った。屋敷は大幅に建て直され、新しい所有者によってクロウズリー・ホールと名づけられた。こうして、どちらかと言えば卑しい出自の地所管理人が、ほぼ一夜にして地主になった。まもなく紳士階級に地位が上がり、一五四七年に紋章をつけることを許されたので、苗字をもじって三羽の鳥の頭の図案を選んだ（横帯はある場合とない場合とがあったが、頭の下部分がギザギザになった黒い三羽の鴉の紋章だ）。この紋章はわれわれが目にしたりっぱなオークの煙突にもつけられた。当時、そうした成り上がり者の一家は、たちまちにして新しい地位に慣れ、次の世代では古くからの紳士階級と区別がつかなくなることが多かった。しかし、クロウズリー家の場合はちがった。当世風に言えば、「はまらなかった」のだ。常に隣人たちと衝突し、彼ら相手に、悪意のこもった訴訟をしじゅう起こした。エリザベス王朝時代の民訴裁判所の記録にははっきりとそれが残っていて、彼らの恥知らずなおごり高ぶった態度は、同時代の人の手紙に「横柄で図々しく傲慢な一族」と書かれていることからも裏づけられている。歳月を経ても状況は改善されず、スチュアート王朝時代の初期には、州内でもっとも唾棄すべき一族と広くみなされていた。

地元で嫌悪されていた背景について記したのは、それがその後のできごとと関連しているからだ。一六四〇年、一家の長はジュリアス・クロウズリーという人物で、クロウズリー・ホールで一人で暮らす独身男だった。彼は直系の先祖が持っていたありとあらゆる不快な性格を受け継ぎ、とりわけその傲慢さと横暴さは嘲笑の的になっていた。おまけに不運にも、悪魔に魂を売り渡しているような人間だった。ある日、クロウズリーは馬に乗って地所の外へ遠出した。閉じた門に行く手を遮られた彼は、そばに立っていた少年に門を開けろと怒鳴った。少年が生意気な返事をしたのか、たんに行動が遅かったのかは書き残されていないが、彼は癇癪を起こした。鞭の柄で子供を殴り倒すと、そのまま進み続けた。少年は深く尊敬されていた自作農の息子だったが、寝付いて亡くなってしまった。その一帯にくすぶっていた怒りは燃え上がり、ジュリアス・クロウズリーは州知事の部下に逮捕され、裁判にかけられた。自分の行動が引き起こした騒ぎを目の当たりにすると、囚人は選択権を行使し、レディングの巡回裁判で「自分の州」によって裁かれるのではなく、ロンドンでの裁判を求めた。おかげで、少年はすでに病気にかかっていたという医学的証拠を怪しげな手を使って提出できたので、医者たちの相反する証言が考慮され、罰金刑で逃れることができた。一六四〇年五月一日、クロウズリーは勝ち誇って屋敷に帰ってきた。近隣じゅうが大騒ぎになった。ふた晩後、息子を失った家族の友人たちが、復讐をしようと屋敷に押し入った。その後に起きたことは記録されていない。ジュリアス・クロウズリーは姿を消し、ついに死体は発見されなかったし、襲撃者たちも逮捕されることはなかった。一帯の人々は申し合わせたように固く口をつぐみ、主人が行方不明になった使用人たちも脅されているようで、何もしゃべろうとしなかった。あきらかに州知事すら犯人をつかまえることにさほど乗り気ではなかった。そもそもクロウズリーが死んだのか、たんに逃げたのかもはっきりしなかったからだ。州知事も世間と同じく、クロウズリーの行方不明を歓迎する気持ちだったのだろう。いずれにせよ、イングランド内戦が勃発したので、人々の関心はそちらに向いてしまった。

以上がメモから集めた事実である。物語の結末をつけるのに、想像力を駆使するまでもないだろう。その晩、ジュリアス・クロウズリーは屋敷にいたと思われる。いきなり武装した人々が押しかけてきたことに驚くと同時に、彼らの目的を察知してパニックを起こしただろう。隠れ場所を探し、浅はかにも小さな客間の煙突を登ることにした。おそらく、そこに隠れていることが露見したか、ずる賢い使用人に告げ口されるかして、無慈悲な追っ手たちは暖炉で火を焚いた。最初の煙が自分の周囲で渦巻き、炎の舌が足先をなめはじめたとき、男がどう感じたかは手に取るようにわかる。煤だらけの煉瓦壁にしがみつきながら、やみくもに上へ上へと登っていったことだろう。煙突のてっぺんはとても狭く、とうてい男の体は通り抜けられなかったが、炎によって焼かれる前に、せめて煙で意識を失ったことを祈りたい。そこまでは想像がついた。しかし、どうして苦しんでいる男の魂がさまよっているのだろう?

ヴェンは私の話に真剣に耳を傾けていた。その後の成り行きを説明するのに、多くの言葉は要しない。建築家のヘンソンを呼び、翌日、煙突を綿密に調べた結果、使われていない脇煙道が発見された。真上の部屋の羽目板を少々苦労してはがすと現れたのだ。そこから回収した哀れな遺骸は、ディデンナムの小さな教会墓地にきちんと埋葬された。こうして謎と恐怖の陰鬱な影は消え、古い屋敷は再び平和になった。現在、改装は終わり、私は客として頻繁に滞在している。ドーソンはまた屋敷に戻り、相変わらずおしゃべりだ。ただし、あの話題についてだけは絶対に口にしようとはしない。

クリスマスのゲーム

A CHRISTMAS GAME

この不思議なできごとを語ってくれた田舎の老医師は、第二次世界大戦の間に八十五歳で亡くなった。話してくれたこの事件が起きたとき、彼は医学生だったので、一八七〇年代後半のできごとだと推測される。彼の話を詳しくメモしたので、できる限り、彼の言葉のまま、お伝えするつもりだ。

私はドーセットで家族とクリスマスを過ごしていた。父はドーセットで弁護士をしていたので、町から五キロほど南にある広壮なヴィクトリア朝様式の家に住んでいた。家でのパーティーは盛大だった。母と、母の未婚の姉妹、エミリーとガートルードおばさん、当時ブランデルズ・スクールの生徒だった弟のエドワード、それに妹たち、十六歳のベラと十歳のフェリシティ。それに加え、若いいとこのジャイルズも滞在していた。さらに、近所の大勢の若者たちがひっきりなしにやって来たので、にぎやかなクリスマス休暇の雰囲気が満ちあふれていた。長男の私はロンドンで医学生をしていて、十二月二十二日の午後に実家に帰ってきた。私が着いたときに父が留守だったのは予想外だった。というのも、父はかなりのんびりした生活を送っていたので、いつもクリスマスは丸々一週間の休暇をとることにしていたからだ。しかし、仕事でエクセターに行かなくてはならず、夜に帰ってくるという話だった。

九時頃、一頭立て二輪馬車が私道に入ってくる音が聞こえ、私は走っていって父を出迎えた。驚いたことに、父は一人ではなかった。お客を連れ帰るとはまったく聞いていなかったのだが、父といっしょに馬車を降りてきた、分厚く着こんだ長身の年配の男はフェントン氏と紹介された。父は馬車を裏庭の方に回して、馬の面倒を見てくれ、と私に言いつけると、見知らぬ男といっしょに家に入っていった。戻ってみると、母が玄関ホールにいて、いつもの冷静さを失い、動揺しているようだった。

「まったくもう、あなたのお父様ときたら気まぐれなんだから。エクセターでフェントン氏に会ったのよ。もう何十年も前からの知り合いだったんですって。それでフェントン氏がクリスマスにどこも行くところがないと聞いて、お父様はうちに来るように招いたの。お父様は本当にもてなし好きね。それに、クリスマスに宿屋で一人過ごすなんて気の毒でたまらない、っておっしゃっているわ。そりゃ、お気の毒だとは思うわ。でもね、家族だけで過ごすのをとっても楽しみにしていたのよ。フェントン氏がどんなにすてきな方でも、やっぱり他人でしょ。でも、できるだけのことはしなくてはね。ジャイルズはエドワードといっしょの部屋に移ってもらわなくてはならないわ……」それから母は本筋からそれ、家事の手配についてあれこれしゃべりだした。

私は居間に入っていくと、初めてお客をじっくり観察した。年配で、おそらく六十五歳ぐらいだろうが、頑健そうだった。顔は日焼けし、血色がよかった。鷲鼻で貴族的な物腰をしている。ただし、その表情は柔和とは言えなかった。酷薄で、くつろいでいても人を寄せつけず、容易に激しい怒りを爆発させそうな人間に見えた。こういう他人がクリスマスに家族に仲間入りするとは、私も母と同じように心から残念に思った。それでも、彼は私に礼儀正しく挨拶すると、父が孤独な境遇に同情してくれたことに感謝を述べ、自分の滞在のせいで、みなさんの計画をお邪魔しなければいいのだが、と気遣った。結果として、彼はきわめて控えめな客であることが判明した。父の書斎に本と葉巻を手に閉じこもるか、一人で長い散歩をするだけで、心から満足しているように見受けられた。食事の席では家族の雑談に遠慮がちに入り、すっかりおばたちのお気に入りになった。

クリスマスイヴのディナーの席で、私は知らなかったとはいえ、とんでもない失策をしでかしてしまった。お客の言葉の端々から、あちこち旅をしているという印象を得ていた。そこでテーブルでの会話がなぜかニュージーランドの話題になったので、フェントン氏を会話に引き込もうとして、あちらには行ったことがあるかとたずねたのだ。彼はそっけなく「ええ」とだけ答え、すぐさま話題を変えた。テーブルの上座にすわっていた父が警告するように私に目配せし、かすかに首を振った。食後、父は私を脇に引っ張っていった。

「フェントン氏の前でニュージーランドの話題を出してはならない」父は言った。「前にも、その話題に触れたら、ひどく機嫌をそこねたことがあったんだ。彼は若いときに植民地省の仕事で数年ほど向こうに赴任していたんだが、そういえば、帰任した当時、ちょっとした醜聞を耳にした記憶がある。詳細はとうとうわからなかったが――ただの噂だったし、なにしろ三十年近く前の話だからな」

「フェントン氏と最初に知り合ったのはいつなんですか？」

「少年時代だ。彼の父親はこの地方に広大な地所を所有していたんだが、鉄道株に無思慮な投機をして、亡くなったときは、ほぼ一文無しになっていた。そのせいで息子は植民地の仕事についたにちがいないな。少年時代からほとんど変わっていなかったので、ひと目で彼だとわかったよ」

クリスマス当日はとても楽しく過ぎた。最近の子供たちはクリスマスなんて退屈で仕方がないと思っているのだろうが、昔はずっと単純なお楽しみで、みんな満足したものだ。朝は家族全員で教会に行き、昼食後に若い人々は犬といっしょに散歩に出かけた。深刻な事件が起きたのは、お茶の後だった。全員でクリスマスツリーの飾られている客間に入っていった。使用人たちも老執事のワトキンスに監視されながら、ぞろぞろ入ってきて、全員がプレゼントをもらった。私はきれいな薄紙に包まれたソヴリン金貨をフェントン氏から贈られ、礼を言った。弟と二人の妹たちも、彼から半ソヴリンずつもらった。彼はクリスマスの陽気な気分に感化されているようで、六時に用意されたディナーの席でもとても愛想がよかった。食後、いちばん下の妹のフェリシティは少しべそをかいたがベッドに追いやられ、残りの私たちは韻踏みジェスチャーゲームや罰金ゲームをして、夜はにぎやかに更けていった。

十一時半過ぎに、わが家で恒例になっているゲームを始めた。実に単純なゲームだ。明かりを消し、暖炉の前に衝立を置く。それから父親が怖い話をして、子供たちは恐がりながらはしゃぐ、というものだ。子供たちはすでにその話をすっかり暗記していたが、何度聞いても飽きることはなかった。そのゲームで私は父の助手を務め、物語に関連する品物を暗闇で手から手に回した。最近の精神分析医なら、若者にとって有害な遊びだと批判するだろうが、ありがたいことに、当時はその手の馬鹿馬鹿しい考えを押しつけられることはなかった。父の話の筋書きは今でも覚えている。北アメリカで、孤独な旅人が自分の手が見えないほど暗く深い森を抜けて進んでいく話だった。目的地に着く前に夜の帳《とばり》が下り、旅人はひそやかな足音が追ってくるのに気づく。ふいにネイティブアメリカンのぞっとする鬨《とき》の声が響き、彼は猛り狂った一団に囲まれ、まさかりで殺される。恥知らずで野蛮な連中はさらに死体を損壊する。最初に頭蓋骨が切断される。その言葉で、私が毛皮の敷物の古い切れ端を順番に回すと、おばたちはにぎやかに笑いながら、悲鳴を上げた。続いて父は犠牲者の舌が抜かれる様子を描写したので、私は手から手に詰め物をした柔らかい小さな革の袋を回した。念を入れて、袋はグリセリンに浸しておいた。とうとう不運な男の目玉がえぐりとられる段になると、私のメインディッシュの登場とあいなった。皮をむいた大きめのマスカット二粒を用意しておき、それをつまんで隣の人に渡した。隣にいたのはフェントン氏だった。彼は受け取るのを躊躇しているようだったが、私は暗闇で彼の左手を見つけると、ぬるっとした物体をその手に滑りこませた。

驚いたことに、彼は喉から絞り出すような嫌悪の声を上げると、椅子からさっと立ち上がり、火よけの衝立をどかしてブドウを炎に投げ入れた。それから一歩下がると、椅子にくずおれるようにすわった。呼吸が荒くなっていた。部屋に気まずい沈黙が広がったが、父が心配そうに問いかけて静寂を破った。「大丈夫かい、フェントン？」返事はなかった。揺らめく炎で、父がランプを手探りしているのが見えた。明かりがつくと、客が椅子にぐったりとしてすわり、不自然な格好で頭が垂れているのが見えた。顔は蒼白で、目は閉じられている。そのあとの騒ぎは、ご想像がつくだろう。妹は泣きじゃくり、おばの一人はヒステリックに叫び始め、母が部屋から連れ出した。父はいとこのジャイルズに大急ぎで医者を呼んでくるように言いつけ、その間にブランデーを飲ませて友人を正気づかせようとした。

その騒ぎの渦中で暖炉をのぞいたのは、私だけだった。暗闇で渡したブドウに、どうしてあれほど奇妙な反応をしたのだろう、と無意識のうちに疑問に感じたのだと思う。ともあれ、私はしゃがんで火格子をのぞきこんだ。そのとき見たものは、とうてい信じてはもらえないだろう。まちがいなく、そこにはブドウではなく目玉がころがっていて、炎にあぶられ、パチパチはぜていたのだ。勘違いではない。それが人間の目玉であることは確かだった。解剖室でさんざん見てきたので、見まちがうことはなかった。激しいショックを受けたが、奇妙なことに、自分が目にしたものについて疑問を感じることはなかった。自分は理解の範疇を超えたもの、科学的な考え方がまったく役に立たない何かと対峙しているのだ、と直感したからだ。発見したことは心の中にしまっておくことにした。そんなことを口にしたら、大変な混乱を引き起こすことはまちがいない。そこで火かき棒をつかむと燃えている薪を突いてころがし、いとわしい名残を視界から消した。

これにはわずか数秒しかかからず、私は急いで父といっしょに客人を蘇生させようとした。ざっと診察したところ、なんらかの発作を起こしたようで、私の初歩的な医学知識では手に負えない状態だった。だからジャイルズが数分もせずに、すぐ近所に住んでいる医者を連れて戻ってきたときは、ほっと胸をなでおろした。医者は客人を重篤な容態だと診断したようだった。

彼の指示に従って、私たちは意識のないフェントン氏を寝室に運んでいくと服を脱がせ、後は医者の手に委ねることにした。

このときにはすでに夜もかなり更けていた。他の家族たちがあわただしくベッドに入ってしまうと、私は自分の部屋にひきとり、考えをまとめようとした。家じゅうがほぼ静かになると、いましがたの異様な経験が重くのしかかってきた。あれは目の錯覚だったのだ、と自分を納得させようとした。あの目玉は自分の想像の中にしか存在しないのだと。しかし、あまりにもはっきりと確認したのだ——瞳孔も虹彩も、ありとあらゆる細部までを。目はほとんど黒に近い焦げ茶色だった。考えれば考えるほど、恐怖で愕然となり、同時に混乱した。クリスマスパーティーの陽気な雰囲気は、突如として身の毛もよだつものに変化してしまった。一瞬だけカーテンが持ち上げられ、その向こうに別世界を、自然の法則が通用しない世界を垣間見たような気持ちだった。ふと、どこかで引用されるのを聞いたことがあるキリスト教の古い教義を思い出した。「神の御業《みわざ》は自然を超越しているかもしれないが、決して自然に反することはない」さっき目にしたのが奇跡だったとしても、まちがいなく神聖なものではないだろう。

物思いは階下から聞こえる物音で破られた。断続的に何かをひっかいている音とクーンクーンという鳴き声。夜の騒動のせいで、わが家のスパニエル犬ダニーを戸締まりの前に外に出してやるのを全員が忘れてしまったのだ。私は一階に行き、テラスに通じる客間のドアから犬を外に出した。犬が戻るのを待っている間に、ランプをつけてソファにすわった。真っ暗な部屋で待っていたくなかったのだ。暖炉は残り火がわずかに燃えているだけで、投げこまれたものが何であれ、跡形もなくなっていた。

数分過ぎると、しびれを切らし、ドアまで行って口笛を吹いた。だが、ダニーは戻ってこなかった。日頃はとても従順な犬なので、こんな行動をとるのが理解できなかった。ふいにダニーが吠えはじめた。最初は低かった声は次第に激しさを増し、哀調を帯び、背筋が凍りつくような不気味な鳴き声になった。犬は私道を下って灌木にもぐりこんでいるようだ。そこで、もう一度強い口調で犬を呼んだが、やはり戻ってこない。かなりいらつきながら外に探しに行き、苦労の末、月桂樹の茂みにもぐりこんでいる犬を見つけた。犬は私が近づいていっても、まだ哀れっぽい鳴き声を上げていた。家に帰るからおいで、と命じても耳を貸さないので、かがんでダニーを抱き上げた。驚いたことに犬は激しく震えていて、私に抱かれるやいなや頭をジャケットの中に突っ込むと、懐にもぐりこんできた。その体は小刻みにわなないていた。私は家に向かい、数歩、私道を進んだ。とたんにぎくりとして立ちすくんだ。

客間の庭に面したドアは開けっ放しにしておいたので、そこからテラスに光がこぼれていた。その光の中を人影が移動して、おぼつかない足取りで開いたドアに近づいていく。戸口で人影が浮かび上がり、その輪郭がはっきりと見てとれた。ドーセットのわが家で目にするには、あまりにも場違いで信じられない姿だった。白人ではない。金茶色の肌とつややかな黒い髪が見てとれた。こちらに向けられた顔の片側には、びっしりとタトゥーが彫られている。藺草《いぐさ》か亜麻で編んだ短い腰布しか身につけておらず、足はむきだしだ。片手に杖を持っていたので、目が見えないのだと気づいた。杖でコツコツと敷石をたたきながら、ドアの方に進んでいく。と思った瞬間、その人影は部屋に入っていき、見えなくなった。

私はもっとよく見ようとして、そっと位置を変えながら、さらに家に近づいた。人影がまた視界にとらえられ、客がすわっていた椅子の前に膝をついているのが見えた。人影は必死になって床を手探りしているようで、かぎ爪のような手を椅子の脚の周囲に這わせていた。かなりそばまで近づいていたので、人影が腹立たしげに息を吐くのが聞きとれた。それから人影は暖炉に顔を向け、ぞっとすることに両手をまだ燃えている残り火に突っ込み、燃えかすを炉床にひきずりだした。私は食い入るようにそれを見つめていた。人影は赤く熱した燃え殻をしばらくひっかき回してから、胸が引き裂かれるような苦悩と絶望のこもった低い叫び声を上げた。これほど悲痛な声を上げられる者は、この世には存在しないだろう。見守っていると、それは無言で立ち上がり、部屋を突っ切って、またもや姿が見えなくなった。

どういうわけか私はもはや恐ろしいとも思わず、ただ驚嘆と好奇心だけを覚えていた。そのことはとりたてて賞賛にはあたらない。漠然と、この幽霊だか何かは自分には悪意がないと判断したせいだ。したがって、すばやくテラスからドアを抜けて部屋に入っていったと申し上げても、とびぬけて勇敢だとは思わないでいただきたい。部屋には誰もいなかった。そのことは、ひと目でわかった。そうやって立っていたとき、部屋の奥のドアが開き、父が入ってきた。奇妙な訪問者が部屋から出ていったのなら、今、父が入ってきたドアしかないし、当然、父はそれと廊下ですれちがったはずだった。

「ここに入ってきたときに誰かを見かけませんでしたか？」私はたずねた。

父は眉をひそめ、鋭い口調で言った。「何を言ってるんだ？　どうしてまだ寝てないのだ？　ドアを閉めて、すぐに二階に行きなさい。もう二時近いぞ」

私は答える前にちらっと暖炉に目をやった。炉床には燃えかすが散らばっている。あれが目の錯覚ではないという反論できない証拠だ。しかし、父にはそのことをひとことも言わなかった。その年頃の息子ならたいていそうだろうが、父にちょっと気後れを感じていたし、腹蔵なく話し合える関係とは思えなかった。父に叱られることと父に馬鹿にされることを、私は恐れていたのだ。自分の発見したことを明かせば、そのどちらもが降りかかる羽目になるだろう。そこで、犬を外に出してやったので、としどろもどろに言い訳しながら、その言葉の証拠として、今やすっかりおとなしくなったダニーを差し上げて見せた。それから急いで戸締まりをした。父は私が鍵をかけるまで待っていた。

「フェントンはどうやらとても悪いようだ」父は言った。「しかし、回復するチャンスもあると医者は言っている。ここに招いてよかったよ。友人が一人きりでどこかの宿屋にいるときに具合が悪くなっていたら、哀れでならない。ただ、家族のクリスマスをだいなしにしてすまなかった」

私たちはいっしょに階段を上がっていき、踊り場で父はおやすみと言った。そのとき、フェントンの部屋から動揺した人声が聞こえた。老人は意識を取り戻したにちがいない。というのも、甲高い不満そうな声と、医師のもっと穏やかな声が聞こえてきたからだ。私たちが聞いていると、患者の声はじょじょに大きくなり、何を言っているのかがわかった。

「あいつを近づかせないでくれ――追い払ってくれ」彼はわめいていた。「頼む、あいつをこっちに来させないでくれ」

医師のなだめるような言葉が続いたが、フェントンはおとなしくならなかった。

「あいつが見えないのか?」彼は絶叫した。「窓のそばだ!」彼の声はさらに甲高くなり、私には理解できない外国語を発した。医師の声は高くなり、こう命じた口調はさっきよりも厳しかった。

「横になってください、どうか横に。そこには何もいませんよ。いいですか、この部屋には、あなたと私以外に誰もいません」

どうしたらいいのか問いかけるように父親を見たが、彼は首を振った。

「入っていかない方がいいと思う。われわれにできることは何もない。医師に任せておこう」

その言葉が終わらぬうちに叫び声が何度か響き、あげくの果てにはもみあう物音がした。まるでフェントンが無理やりベッドに押さえつけられているかのように。それから、いきなり静かになった。おそらく二分ほど完全な静寂が広がった。私たちは耳をそばだてて待った。そのときドアが開いた。医師が真っ青な顔で疲れきって戸口に立っていた。

「残念ですが亡くなりました」彼はあっさりと事実を告げた。そして父が一歩進み出ると、医師は片手を上げて、つけ加えた。

「中にはお入れできません。気の毒に、臨終のときにおぞましい幻覚に襲われたせいで、安らかな旅立ちではなかったのです。死に顔をごらんになっても辛《つら》い思いをされるだけだ。どうぞベッドにお入りください。必要な手配はすべて私がしておきます」

私たちは言われたとおり、足音を忍ばせて立ち去った。部屋に戻ると、まだダニーを抱えていたことに気づき、朝までいっしょにいてくれる相手がいることに心から安堵を覚えた。

それから十年以上たった頃にちがいない。医師になりチェルトナムで開業しているときに、フェントンの名前を知っている男に出会った。ニュージーランドで二十五年以上過ごしていた元羊飼いで、まだ幼かったのでフェントンを直接は知らなかったが、その噂は耳にしていた。

フェントンが植民地省を辞めたことにまつわるスキャンダルの詳細について聞いたのは、彼からだった。当時、この行政官がいかに冷酷で残忍か、外聞の悪い話がいくつも取り沙汰されていたが、ついに当局としても看過できない事件が起きたのだった。フェントンの指示で、犯罪者と目された人間を自白させるために拷問がおこなわれた。いくつかの方法がうまくいかないと、盲目にしてやると脅し、それでも容疑者が頑なに否定していると、そのおぞましい脅しが実行されたのだった。その後の調査で、その現地人は潔白だったことが証明されたが、目に余るほどの好き放題をしていたにもかかわらず、英国人の特権ゆえに、この公僕が正式に告発されることはなかった。フェントンは罰として、ただ帰国させられただけだった。しかし、人間の手による懲罰は軽かったが、ついに、別のもっと崇高な裁きの場でフェントンは責任を問われることになったのだ。

白い袋

THE WHITE SACK

ボンド・ストリートでばったり会うまで、トニー・マーチャンドがロンドンにいるとは思ってもみなかった。彼は暇を持てあましているらしく、私のディナーの誘いをふたつ返事で受けた。しかし、ふだんは楽しい噂話を次々に披露してくれ、話が巧みなのに、食事の間マーチャンドは寡黙で気もそぞろな様子だったので、招待したことを後悔しそうになった。食後、格別に関心があるわけではなかったが、会話の糸口として、今年は毎年恒例のスカイ島へは行ったのかい、とたずねてみた。ちょうど戻ってきたところだ、と答えると、いきなりまくしたてた。

「確か、きみは超自然現象に関心があるんだよね。向こうで起きたことを聞いてもらえないかな？　きみなら笑い飛ばしたりしないはずだ。ずっと誰かに打ち明けたくてたまらなかったんだよ」

もちろん、私は承知した。

「知ってのとおり」と彼は語りはじめた。「私はずっと山に情熱を傾けてきた。ロッククライミングはしたことがないが、高い丘陵を歩き回ることをこよなく愛している。ただし未熟者によくあるような、山での自信過剰で無鉄砲なふるまいは、絶対にしない！　その反対だ。自分の限界をしっかりと認識しているつもりだ。だから、山歩きには不思議なほど魅了されるが、同時に怖さもわかっている。というわけで、最近ブラック・クィリンで経験したできごと以来、山はいっそう恐ろしいものになったんだ。

この九月末、私は友人といっしょにスカイ島で二週間過ごした。グレン・ブリットルに宿をとった。背後には巨大な馬蹄型をしたクィリン山脈の南側の頂《いただき》がいくつもそびえていた。その峡谷からは、空を背景にした雄大で険しい稜線が、しばしば霧に包まれているのが見えた。友人は上級レベルの登山者だったが、こちらの未熟な技術に配慮してくれ、最初の二日間は山麓を歩き回っていた。しかし三日目の朝、丸一日かけて遠出することにした。九時に出発し、宿と丘陵の間に広がる沼が点在する湿原を横断すると、まもなく足元の地面はしだいに固く、岩だらけになっていった。草はまばらになり、スガール・ディアグの西の尾根を登っているときには、ついに草一本なくなった。ここはもっとも高い山のひとつだが、登るのは楽で、二時間の登山で頂上までたどり着いた。最後は足ばかりか両手も使ってよじ登らねばならない険しい登りが続いて緊張を強いられたので、頂上にたどり着いたときはほっとしたよ。カナ島、ラム島、エグ島がすぐそばに見え、右手にはアウター・ヘブリディーズ諸島まで望めた。大海原に平坦な島々が鎖のように連なっていて、私たちはひとつずつ地図と照らし合わせてみた。それから尾根の反対側に移動して、コルイスク湖を見下ろした。

サー・ウォルター・スコットの時代から、目の前に広がるその光景については、叙述的な作家たちが最上級の賛辞を惜しみなく捧げているからね、私はあえて描写は控えておくよ。山々に囲まれた半円形の雄大な湖の壮麗さは、どんな言葉をもってしても表現できないだろう。険しい岩肌の一千メートル近く下には、岸壁に囲まれるようにして濃い藍色の湖が広がっている。山間の水の広がりは、たとえようがないほど妖しく美しかった。谷間の四キロほど先には左右対称の雄大なブラーベン山。その左手にはギザギザの歯のようなスガーナン・ギリアンがそびえていた。すぐ目の前はたどり着けない頂上《インアクセシブル・ピナクル》で、その下は三百メートルほど切り立った崖になっている。

友人とはそこで別れる予定だった。彼はその峰で過ごし、かたや、私は反対側の斜面からコルイスク湖のはずれに下りる。その先で湖は滝を越えるとスカヴァイグ川となり、湾に流れこんでいく。前日の午後、ルートについて念入りに教えてもらっていた。私たちがいた峰の北側には小さな峡谷があったが、友人はそこについて詳しく、初心者でも安全なルートを地図に記しておいてくれた。ルートを詳細に説明してもらっていたので、尾根伝いに歩いていき、下る地点を難なく見つけることができた。三百メートルほどはまっすぐの急坂だった。苦労したのは一カ所だけで、少し注意しながら無事に切り抜けられた。峡谷はいきなり終わり、その先には砂利だらけの広い斜面が百五十メートルほど続いていた。砂利の上を歩くのはいつだって痛快だ。重力の法則に逆らっているような幻想を抱けるからね。本来なら、ゆるんだ斜面全体がぐんぐん勢いを増し、雪崩となって下の谷間に崩れ落ちていくはずだ。しかし、もちろん実際には三十センチかそこら滑ると、停止した。砂利を踏みしめて下っていくザクザクという音は、崖の上にいた鷲をいらだたせたようで、大きな翼をゆっくりとはためかせると弧を描きながら山の向こうに飛び去っていった。砂利の斜面を下りきると、丸石のころがる短い斜面。それから湖のほとりに出た。その先は意外なほど進むのに骨が折れた。巨大な氷河期の板石がそこらじゅうにあって、慎重に歩を運ぶ必要があったんだ。滝まで着いたときは暑くて疲れきっていた。午後一時で太陽はまだ高かった。肩掛け鞄を開いて、持ってきたサンドウィッチにかぶりつく。食べながら自分が越えてきた巨大な岩壁を振り返った。山間の大きな湖には人影ひとつなかった。相棒の姿がないかと尾根を眺めたが、わからなかった。見渡す限り、紫色と灰色の斑糲《はんれい》岩の崖と湖の黒っぽい水だけだ。物音は滝の単調な轟音に呑みこまれてしまった。

　ふだんは侘しさに動揺することなどないが、明るい日差しの下でも、この場所がかきたてる不吉な連想を振り払えなかった。奇妙で不愉快な空想が頭の中に無理やり入りこんできたせいで、崖の暗い物陰にいると、姿の見えない観察者に見張られているような気がした。むろん見張っている連中の意図は善意とはほど遠いにちがいない。もう一度、友人の姿を探して山の頂上に目を凝らしたが、どこにも見つけられなかった。意志の力でコルイスク湖に背を向けて、海の方を向いた。

思いがけないほどの疲労を感じていた。たぶん十キロ近く歩いてきていたし、筋肉が山歩きにまだ慣れていなかったのだろう。日差しがとても強かったので、引き返す前に板石に横になって休憩することにした。

しばらく眠りこんでしまったにちがいない。奇妙な夢を見た。子供時代にはおなじみの悪夢だったが、最後に見たのは二十年以上前だ。私はグロスターシャーの家の庭にいて、生け垣の隙間から、その向こうにある古い水車場をのぞいている。この水車は子供時代、私と兄にとって悪魔的な魅力を持っていた。というのも水車場の粉屋は癇癪持ちの頑固じいさんで、子供を毛嫌いし、私たちが敷地に入りこむと、必ず恐ろしい脅しを口にしながら追いかけてきたからだ。その結果、水車場は謎めいた雰囲気を漂わせることになり、私たち兄弟にとって粉屋ほど邪悪な存在はいなかった。夢の中で、私は生け垣をくぐり抜け、川の土手沿いに水車場の開いたドアに近づいていく。水車は回っていた。私はそこに立ち、大きな水車が回るゴトゴト、ピシャピシャという音に耳を澄ませた。その音にかぶさるようにして、木製の歯車がギシギシと回転する音と石臼が粉を挽くもっと低い音が響いている。

自分の最大の敵である年老いた粉屋がこちらに背中を向け、かがんで作業をしているのが見えた。忍び足で彼のかたわらを通り過ぎると、建物の脇にある倉庫に隠れた。壁際には粉を詰めた袋が何列も何列も積み上げられ、わずかに開いたドアから射しこむ一筋の光を除けば真っ暗だ。私はその闇の中ですわっていた。十分ほどそうしていると、なぜか粉屋は私がいることに勘づいた。いきなり振り向くと、低い笑い声をもらしながら近づいてきて、隠れ場所のドアをバタンと閉めた。何をするつもりだろう、と怯えていたが、何も起きなかった。そのうち建物全体に響いていた振動の速度がゆるやかになり、水車を止めようとしているのだと気づいた。やがてゴトゴト、ギシギシという音が止み、あたりはほぼ静まり返り、ときおり川のせせらぎの音が聞こえるだけになった。

私は耳をそばだてて暗闇にすわっていた。ふいに倉庫の中で物音がしたので、そちらに注意を向けた。壁際にずらっと並んでいる大きな白い袋が動いているようだった。ゆっくりと確実に、こちらに向かって。暗闇では妙に膨張して見える袋の輪郭しか見分けられなかったが、川の音に重なって、目の粗い生地が規則的に床をこする音がはっきりと聞きとれた。私のいる空間はどんどん狭まっていった。六メートルから三メートルに、三メートルから一・五メートルに。叫ぼうとしたが、声が出なかった。そこが悪夢のいちばんぞっとするところだ。助けを呼ぼうとどんなにあがいても、声を発することができないのだ。やがて、子供時代の悪夢と同じように、いくつもの大きな袋に囲い込まれて、体に触れんばかりになったとき、どうにかその呪縛を解いて目を覚ました。

震えながら体を起こした。それから腕時計を見ると、すでに六時近かった。風景は一変していた。太陽は山並の向こうに沈み、あたりは影に包まれている。感じのいい紫と灰色の崖は今では黒々として威嚇的で、湖は底なし沼のような色をしていた。見慣れたギザギザの稜線のシルエットが見えないかと視線を向け、目にした光景に息を呑んだ。山の頂は霧にすっぽりと呑みこまれていたのだ。骨の折れる山道を進んで、再び宿に戻るまでにとっぷりと暮れてしまうだろう。おそらく霧もさらに濃くなる。こうした山で遭難した人々の話が、ぞっとするほど鮮明に頭に浮かんだ。私がいないことで、相棒がどんなに心配するかということもわかっていた。もしかしたら待っているうちにいつになく危機感を覚え、私を見つけようという気になるかもしれない。霧が出た闇の中で一人で崖を登るのは、私の能力ではとうてい無理だったので、あわてて地図を広げた。

海側に大回りをすれば、グレン・ブリットルに戻れることはわかっていた。ただし、それほど簡単な話ではなさそうだ。当然、はるかに距離が長い——おそらく十六、七キロぐらいは。しかし、グレン・ブリットルと私の間には、山脈の中央から直角にふたつの大きな尾根が横たわっていた。最初の尾根はおよそ長さ三キロちょっとで、しだいに低くなっていく頂が連続している。そちらを選択すると、少なくとも五キロは歩く距離が増えるが、何よりも、友人が本気で心配しはじめ、私が帰ってこないとグレン・ブリットル・ロッジで騒ぎはじめる前に、どうしても帰り着きたかった。私を見つけるために、霧の中を捜索隊が出発するという屈辱的な事態は避けたい。地図にはスガー・ナン・エグの南に出るルートが記されていた。すわっている場所から、越えていかねばならない尾根が見える。さほど高くなく、おそらく四百五十メートルほどだろう。今のところ、そちらは霧がかかっていなかったので、海抜三十メートルほどの山脈の端に回りこむと、早足で歩きだした。途中の深い峡谷には少々手こずったが、やや高い地点に越えられるルートを見つけ、ぐんぐん登っていった。海岸一帯の湿地のヒースは玉石になり、玉石は砂利に変わった。だが尾根を越える地点を見逃したようで、砂利道の先は二叉に分かれ峡谷になっていた。迷ったが左側の峡谷を選んだ。十五分ほど苦労して進んでいった結果、登れそうもない岩壁にぶち当たったので、仕方なく引き返した。

それによってロスした三十分は痛かった。霧が出てきて、もはや稜線が見えなくなってきたからだ。しかし、前に進むしかなかったので、できるだけ急いで、もう片方の峡谷を登っていった。まもなく湿気を含んだ渦巻く雲に囲まれ、一メートルほど先しか見えなくなり、霧の中では足音すらくぐもって聞こえた。寒くて湿っぽかった。やっと頂上に着いたと思うたびに、新しい斜面が霧の中からぬっと立ちはだかる。しかし、いつのまにか尾根を越えていて、下り坂になった。急ごうとして、そのせいであわや大惨事になりかけた。斜面に足をとられ、ころがったり、滑ったりしながら九メートルほど落ちていき、砂利の上にどさっと投げだされたのだ。恐怖のあまりすくみあがっていたが、足首をひねってもいないし、どこにも大怪我を負っていないとわかって、ほっと胸をなでおろした。その後は、より慎重に斜面を下っていき、再び霧から出ることができた。そこからはぐんと楽になった。足を止めて、このあとのルートを検討しようと地図を取り出した。

そこから宿までの間には、もうひとつ大きな峰があったが、たった今越えてきた峰とは大ちがいだった。峰と峰の間がゆるやかな尾根になっていて少しずつ下っていくのではなく、山脈から直角に突きだした峰はスロン・ナ・キックの広大な突出部につながっていた。ここはイギリス諸島でもっとも手強い絶壁で、下の峡谷まで七百五十メートル以上の高さがある。この巨大な絶壁と山脈中央にあるスガー・アラズデアまでの間には、ロッククライミングをせずに縦走できる場所として、ふたつのルートが地図に記されていた。しかし、そこをたどる気にはなれなかった。

霧の中でのさっきの事故に不安が募っていたせいで、もう峰には登らず、裾野を迂回して行くことに決めた。

地図をたたむと、振り返って斜面を眺めた。こちらの方まで霧がじわじわと広がってきている。見ていると、霧の白い触手がたった今横断してきた峡谷の方にまで伸びていく。大軍が自分の方に押し寄せてくるような気がした。先頭にいるのは本隊から派遣された白い四角形や渦巻きで、それが本隊を先導しているかのようだ。思わず夢のことを思い出し、平地をたどって戻ろうと、さらに決意を固くした。

そこで、急な山の斜面を下っていくと、山と海の間に広がっている泥炭湿原が見えてきたので、こっちの方がまだましだと思った。

慎重に歩いていけば危険な湿原ではないはずだ。ただし、足をとられそうな場所を避けるために、頻繁に方向転換をする必要はあった。悪臭のする黒い湿原を進んでいくうちに、膝の上までべとべとした泥と砂にまみれてしまった。おまけに一日じゅう山を歩き回った後だったので、信じられないぐらいの疲労を感じた。根を張った草の茂みから茂みへと飛び移ると、そのたびに、地面がゴボゴボと音を立てながらゆっくりと沼に沈んでいく。その不穏な音に、あわてて次の茂みへと飛び移る。ようやくスロン・ナ・キックの巨大な岸壁の下に出ると、地面が少し固くなった。数分ほど大の字に伸びて、体力を回復させようとした。泥炭湿原のせいで、思っていたよりも体力を消耗していた。再び、頭上にそびえる絶壁の下を進んでいくと、いつのまにか霧が濃くなり絶壁は見えなくなってしまった。この頃には、あたりはほぼ暗くなっていた。もっとも、一年のこの時期だと、スカイ島はせいぜいこのぐらいしか暗くならないのだ。

絶壁のいちばん端を迂回すると、ある物がちらっと目に入って、思わず喜びの声を上げた。泥炭湿原のたぶん五キロほど先に、グレン・ブリットル・ロッジの窓の明かりが瞬いていたのだ。やっと目的地が見えてきた。

これで私の冒険譚は終わりだと思っているかもしれないね。その時点では、確かに私もそう考えていた。しかし旅の最後に、またひと騒動あったんだ。進んで語りたいような話ではないんだが、この目で見たものと感じたことを、できるだけ忠実に描写してみるよ。説明はつけられない。ただ、肉体的疲労のせいで頭が混乱していたのかもしれない、というぐらいでね。

再びゆっくりと泥炭湿原を進んでいった。それがどんなに大変かということに、今更ながら気づき、体力を浪費しないように気をつけた。早く到着して友人の不安を取り除きたいという思いは、残念ながらとっくに消えていた。どんなに遅くなろうとも、無事にたどり着く、ということだけをひたすら祈っていた。

前方の明かりに視線をすえたまま、茂みから茂みに移動していった。六百メートルほど進んだとき、振り返ってみた。地上からは霧がすっかり消えていた。ただ三百メートルほどの高さにはまだ雲がかかっていたが、振り返ったとき、渦巻く霧のようなものが、後方にある巨大な黒い崖からふわっと漂ってきたんだ。それは数メートル近づいてきてから、停止し、宙にじっと浮かんだままになった。

奇妙な自然現象だと思った――それだけだ。まだはっきり形をとっていないが、あれは霧の前触れで、海から発生したのだろうと。そこで、また明かりに視線をすえた。二十分ほど前進してから休憩したときに、再び振り向いてみた。一瞬、心臓が止まった。白い柱は移動していて、およそ四百メートルほどの距離まで近づいていた。おおざっぱにいうと長方形で、高さは一・五メートルぐらいだった。観察していると、それもためらって止まったように思えた。数歩歩いて、また振り返ると、それがこちらに近づいているのがわかった。ふいに恐怖がこみ上げると同時に、何かに追われていると悟った。私の姿を見ることはできないが、泥炭湿原の中を進んでいく私の足音は聞くことのできる〝何か〟だ。その瞬間、その日に味わった恐怖も不安もきれいに消し飛んだ。背筋に冷たいものが走った。足音を立てずに移動しなくては、とあせった。別のときだったら、泥炭湿原を爪先立ちで歩く男なんて、滑稽そのものだと思っただろう。そのときの私にはおかしくもなんともなかった。もちろん、無理な相談だ。足を置くたびに、地面はピチャピチャ、ベチャベチャ音を立てた。そいつが距離を少しずつ縮めながら、着実にこちらに近づいてくるのを目の隅でとらえた。

もはや理性はどこかに吹っ飛んだ。後にも先にも、あれほど強烈なパニックに襲われたことはない。私は走りだした。疲労も忘れ、もつれる足で、必死に草むらから草むらへ飛んだ。自分の足が立てる胸の悪くなるようなベチャベチャという音と、心臓の激しい鼓動の音が、夜のしじまに反響しているような気がした。もはや足元を気にかけることもしなかった。こちらを差し招いている峡谷のロッジの明かりめざして、まっすぐ走った。行く手に小さな池があり、あっと思ったときには、いまいましい湿地の粘ついた泥に腰まで沈んでいた。どうにか向こう岸にしっかりと生えている葦や草をつかみ、足をばたつかせ水を跳ね飛ばしながら、沼から体を引き揚げた。

しかし、それには時間がかかった。肩越しにこわごわ振り返ってみると、そいつが猛烈な速さで近づいてきているのがわかった。自分との距離はもう五十メートルもない。私は無我夢中で走った。やがて湿地のいちばんぬかるんでいる場所を過ぎ、地面がしだいに固くなってきたことに気づいた。別の明かりが前方に見えた気がした。まるで私を出迎えでもするかのように。そのとき、いきなり足首を何かにつかまれ、バタンと前のめりに倒れた。倒れながら大きな切羽詰まった悲鳴を上げたが、それっきり記憶がぼやけている。目の粗い湿った布地にくるみこまれたような覚えはある。顔が湿った柔らかい物に押しつけられ、鼻腔に腐りかけた野菜の悪臭が広がった。

そのあとのことは混沌としているんだ。友人に半ばひきずられ、半ばかつがれてロッジに連れていかれたことはぼんやり記憶している。私が見たこちらに近づいてくる明かりは、彼で、私がやって来るのを聞きつけ、急いで出迎えに出てきてくれたんだ。私はベッドに寝かされ、ブランデーを口に含まされた。恐怖と疲労で精も根も尽き果てていた。しばらくして疲労が勝ちをおさめ、深い眠りに落ちていった。再び目を開けたのは、なんと十六時間後だった。

私は恥ずかしくてならなかった。昼間の明るい光の下だと、とんでもなく馬鹿な真似をしでかした気がしたからね。自分の軽率さのせいで大きな心配をかけたことを心から詫び、滝のそばで眠りこんでしまい、距離が長い方のルートで帰ることにした、と友人に説明した。斜面で滑り落ちたこと、泥炭湿原を横断しているうちに、疲労のあまりパニックになったこと。しかし、何かに追われていたことはどうしても話せなかったし、彼も何かの姿を見かけたとはひとことも言わなかった。きっと疲労困憊した脳が生み出した絵空事だったのだろうね。

しかし、本当にそうだったんだろうか？　すべてが空想だとは信じられないんだ。確かに疲れて不安に苛まれていたが、それだからといって、あれほどはっきりと幻を見た説明にはならない。それに、旅の終点が見えてきて、ようやく不安が軽くなったときに、そういうことが起きたんだからね。きみの意見を聞かせてもらえないかな？」

私はしばらく黙りこんでいた。マーチャンドの話で、ある記憶が呼び起こされたのだ。そこで、立ち上がると書棚のところに行き、スコットランド民話協会で出版された最近の一冊を取り出した。アイラ島に住む偉大なゲール文化研究家ジョン・フランシス・キャンベルが前世紀に収集した、ゲール民族の伝説や物語の本だ。私は求めていた一節を見つけると、開いたページをマーチャンドに差し出した。そこにはこう書かれていた。

「〝白い袋〟は人間の足に巻き付いてころばせ、それから体の上にのしかかって押しつぶし、相手を殺したとされている」

四柱式ベッド

THE FOUR-POSTER

若い頃についた癖は往々にして一生涯、続くものだ。長年、私は『タイムズ』の死亡欄に目を通してから新聞を開くのが習慣だった。最近になって、そうしなければよかったと思うようになってきた。同時代の人々の死が掲載されているのを目にすると、自分も老いたことを自覚させられるし、エドワード・クラークソンのように十歳も若い人間の死を読むと、自分の寿命が今にも尽きそうな気がしてくる。クラークソンは四十四にもなっていなかったし、まだ名を成してもいなかった。彼の専門である英国の考古学は注目されるのがむずかしい分野だった。三年ほど前、彼はドーセットで後期青銅器時代の骨壺墓地をいくつか発掘し、そのひとつが私の地所にあった。その成果は活字になった。『考古学』か『古代』か、どちらの雑誌だったかは忘れたが掲載されたのだ。それ以来、ほとんど彼とは会っていなかった。しかし、彼の葬儀には行くべきだという気がした。個人的に親しい友人ではなかったが、二十年近い歳月にわたる知己であるなら、多少とも敬意を払うべきだろう。というわけで新聞をもう一度手にとり、葬儀の時間と場所を確認すると、その朝二度目のショックを受けた。「サウス・グリンリー、教区教会にて金曜三時」サウス・グリンリーとは！　では、クラークソンは共通の友人リチャード・マニングの屋敷で亡くなったにちがいない。サウス・グリンリーは小さな村だ。マニングの屋敷に泊まっていたとしか考えられなかった。当然、葬儀には行かねばならない。ロンドンから八十キロ足らずの距離だし、葬儀に出てから、ディナーに間に合うように戻って来られるだろう。

金曜の三時十五分前に、教会の前で雇ったおんぼろの車から降りた。自分の車は修理に出してあったので、ホーシャムまで列車で来て、午後いっぱい駅のタクシーを予約しておいた。サウス・グリンリーは、ウィールド地方の北部を横断する深い森の中にある村落だった。ロンドンとブライトンをつなぐ道路からはわずか十三キロしか離れていないにもかかわらず、驚くほど寂れていた。少なくとも、このウィークデーはそうだった。屋根つき門をくぐり、典型的なサセックスの教会に入っていった。ずんぐりした低い塔に、風雨に打たれてきたホーシャム産の石造りの屋根がのっている。会葬者はごくわずかで、ほぼ全員が村人のようだった。クラークソンが所属していた学会の理事長の顔を見つけたが、彼を除けば、遠くから来たのは私一人らしかった。

西側のドアがきっかり三時に開き、棺が祭壇に運ばれてきた。棺に付き添っていたのは二人、眼鏡をかけた年配の男と、私の旧友の屋敷の当主、リチャード・マニングだけだった。彼は青ざめた顔をしていたが、私を見つけると挨拶代わりに笑みを浮かべてみせた。彼は私のすわる信徒席を通りすぎるときに、かがみこんでささやいた。

「終わってもすぐに帰らないでくれ——ぜひとも会いたかったんだ。できたら今夜は泊まってほしい」

陰鬱な葬儀だった。外はたたきつけるような雨が降り、強い風が吹いていた。風は教会の建物の屋根で渦巻き、低いうめき声のような音が丸天井に反響している。儀式を司宰する牧師はかなりの高齢で、その細い震え声では埋葬式の言葉も印象に残らなかった。列席者を見回した。結局、これっぽっちなのか？　詮索好きな村の人間が数人と、私のように義務感から列席した二、三人。どうやらクラークソンの死を個人的に悼んでいる人間は、一人も列席していないようだ。滅入った気分は墓地に行き、さらに沈んだ。雨は止んでいたが、風はさらに強まり、牧師の言葉はろくに聞きとれなかった。そのうえ不快な事故も起きた。棺を墓穴に下げていくときに、ロープの一本が滑ったか切れたかしたせいで、最後の一メートルほどは加速がつき、湿った土にドスンと嫌な音を立てて落下したのだ。儀式がすべて終わったときは、心からほっとした。

教会墓地でマニングと落ち合った。彼はもう一人の棺の付添人だったクラークソンの弁護士に紹介してくれたが、弁護士は列車の時間があるので、と言ってそそくさと帰っていったので、私たち二人が残った。

「きみが来てくれて本当によかったよ」友人は言った。「電報を打とうとしたんだが、こんな気の滅入る葬儀に呼びつけるのは申し訳ないと思ってやめたんだ。でも、今夜はどうしても泊まっていってほしい。先約はないよね？」

「ああ。ぜひ泊まらせてもらうよ。屋敷から従僕に電話しておいた方がいいだろう。ディナーに戻ると思っているだろうから。ただ、パジャマと剃刀は貸してもらわないとね」

彼は笑った。「じゃあ、決まりだな。雨も止んだし、歩いて戻ろう。このところずっと屋敷に閉じこもっていたんだ」

支払いをすませてタクシーを帰すと、二人で小道を歩きだした。数百メートルほど先で右に折れ、錆びついた錬鉄の門を通り抜けると、雨水を滴らせている森の中、雑草の茂る長い私道をたどっていった。グリンリー・ホールに来るたびに、気の毒なリチャード・マニングがこんなに金に困っていなければいいのに、と残念に思わずにいられない。金をかければ、絶対に見栄えのする地所なのだ。現状では地所全体が荒れ果て朽ちかけていて、落ち葉や濡れた木々のせいで、いっそううらぶれた印象が強くなっている。マニングはどうして結婚しなかったのだろう、と折にふれて思う。中年の独身男にとって、大きな屋敷は陰気な場所だろう。金のやりくりをして屋敷を保持していくだけで精一杯で、それ以上の責任を負うどころではない、というのがマニングの口癖だった。

「葬儀の参列者がずいぶん少なかったな!」私は言った。

「胸が痛むよ――まったく。だってさ、かわいそうに、あいつには存命している血縁者が一人もいなかったんだよ。おまけに友達って言えるような人間も全然いなかった。彼の弁護士が誰なのか、さんざん苦労して見つけたよ」

「突然、亡くなったんだろうね。死因は何だったんだ?」

「心臓発作だ。少なくとも地元の医者のエークンサイドはそう診断した。こんなことを言っていいのかわからないが」そこで言葉を切ってから、先を続けた。「個人的には」また躊躇してから、一気に言葉を続けた。「とてつもない恐怖のせいで亡くなったんじゃないかと思うんだ。よりによって、私の屋敷でね。だから、どうしてこんなことになったのか知りたいと思っているんだよ!」

ちらっと彼に視線を向けた。とても動揺しているようだった。いぶかしげなこちらの視線に気づいて、彼は言った。

「それについてはあとで話すよ――とりあえずお茶にしよう」

私たちは涙を流しているような森を抜け、曲がりくねった下り坂の私道を黙りこくったままたどっていった。大きなシャクナゲ園の暗い路地を進み、小さな湖にかかる古い石橋を渡った。黄昏の光の中に、四角い形をしたアン女王朝様式の見上げるように高い屋敷の姿が浮かび上がった。谷間に少し霧がかかりはじめていたので、玄関についたときはほっとした。玄関では二匹のスパニエル犬が盛大に吠え、あふれんばかりの愛情で主人を出迎えた。

お茶は書斎でふるまわれた。肘掛け椅子、薪の炎、食べ物のおかげで、マニングは緊張を解き、さっきよりも口数が多くなっていた。

「エドワード・クラークソンはつい五日前にここに来たんだ。最近クラブでばったり会ったんだが、無聊《ぶりょう》をかこっているようだったので、気の毒に思い、一週間ほどこっちに来ないかと招待した。彼は体調もよく、生気にあふれているように見えた。いわゆる陽気でにぎやかな人間ではないが、とびぬけて寡黙とか陰気とかいうのではなかった。私が彼のために計画した遠出をとても楽しみにしていたよ。カウドリーに行って、カウフォールド修道院を案内してもらうように手配しておいたんだ。私が森で発見したウィールデン・ガラス工場跡を見学することにはとても乗り気になり、発掘まで考えていたほどだ。明日、よかったらきみを案内してもいいよ。ともあれ、彼にはどこもおかしいところはなかったと断言できると思う。

翌朝、確か日曜だったと思うが、クラークソンはちょっと疲れている様子で、よく眠れなかったと打ち明けた。私の部屋の隣にある南側の予備の部屋に泊まってもらってたんだ。そこのベッドはとても寝心地がいいからね。きみも見たことがあるはずだ。大きなマホガニー製の四柱式ベッドだ。夜じゅう風が強くて、ベッドのカーテンをザワザワ、ガサゴソ揺らしていた、と彼は不平を鳴らしていた。そのせいで部屋の中で誰かがひそひそ話をしているみたいに感じたらしい。それを聞いて妙だと思った。私の知る限りじゃ、とても静かな夜だったからね。もちろん、そうは指摘しなかったが。初めてのベッドだったせいで眠れなかったのだろう、四柱式ベッドに慣れていないのなら、おそらく天蓋やカーテンで閉塞感を覚えたんじゃないか、と私は意見を言った。今後はカーテンを天蓋に折り上げておくといいよ、と勧めた。クラークソンは一日じゅう少し上の空で、口数も少なくぼんやりしていて、その晩は早めに休んだ。ただし、その時点では彼のことをまったく心配していなかった。

翌日の朝食のとき、クラークソンは疲れきっていて、やつれて見えた。ゆうべも眠れなかった。勧められたようにカーテンを上げておいたが、相変わらず物音は続いていた。外の風音が聞こえないように窓を閉めたが、やはり部屋を何かが動き回っている気配がした。やっと眠りに落ちると、おぞましい夢を次々に見たので、また目が醒めてほっとしたほどだ。そういう説明だった。ひとつだけ覚えている夢があり、それを話してくれたんだが、実に奇妙な悪夢で、身の毛もよだつようなものだったよ」

「その夢を話してくれ」私はせがんだ。「彼に何があったのか、知る手がかりになるかもしれない」

「わかった。夢の中で教会墓地にいて、ある異様な場面を眺めていたんだそうだ。町の小さな教会墓地だ。夜だったが、半月だったので、墓地の周囲の家々も見分けられた。あたりは静まり返っていたが、彼にはこれから何かが起きるとわかっていた。ふいに塔の時計が低く響く音で三時を打ち、その音が頭の中で反響しているように感じられた。そして、それが合図だったかのように、教会墓地の門がゆっくりと開き、人影が三つ、用心しながら入ってきた。三人は長くて黒い外套を着て頭巾をかぶっていたので、顔は陰になって見えなかった。一人は鉄棒を持ち、もう一人は火のついていない角灯を持っている。三人は忍び足で墓石の間を進んでいき、巨大な板石がのせられた霊廟の前で立ち止まった。一人が鉄棒を板石の隙間にねじこむと、全員で棒を梃子にして石を移動させ、片側に一メートル四方ほどの隙間をこしらえた。その際に派手な音を立ててしまったので、数分ほど全員が墓石の間にしゃがみこんで様子を窺っていたが、問題なさそうだった。それから、誰が隙間から埋葬室に下りていくかで、相談というよりも口論を始めた。とうとう鉄棒と角灯を持った二人が墓石に上がり、隙間からゆっくりと姿を消した。三番目の男は霊廟のかたわらでうずくまった。下からは何かをたたいているらしい、くぐもった音が聞こえ、やがて材木を割るメリメリという音が響いた。霊廟の外にいた男が立ち上がり、穴をのぞくと、声を殺して何やら言った。それから男は穴にかがみこみ、下から渡された屍衣に包まれた長い物を両手で受け取った。かなり苦労しながら、それを外に引っ張り出し、霊廟のかたわらに横たえる。残りの二人は霊廟から出てくると、板石を元に戻した。このとき、形勢が一転して邪魔が入った。さらに四人の人間が現れたのだ。二人は墓地の奥から走ってきて、二人は教会墓地の塀を跳び越えた。彼らは霊廟にいた三人めがけて突進してきた。怒号が飛び交い、ピストルの発射音が響いた。角灯を手にした男が石敷きの小道に倒れたが、残りの二人は一目散に逃げ出し、墓石の間を右に左に身を翻しながら追っ手をかわし、塀を飛び越えた。そのすぐ後を四人の追跡者が続いた。追跡の物音が遠ざかっていき、やがて、あたりに静寂が広がった。

クラークソンは撃たれた男の具合を見に近づいていったが、ひと目で息をしていないことがわかった。弾はこめかみにめりこんでいた。それから、何かに駆り立てられるように、地面にころがる屍衣に包まれたものを調べてみた。それが何かは重々承知だったし、不快でたまらなかったが、その衝動には抗えなかった。それに、その手のことにかけては、彼はまんざら門外漢ではなかったのだ。片膝をつき、かがみこんだ。そのとき、包みが伸びたように感じられた。屍衣のひだがいきなりはだけ、干からびた黄色の腕が飛び出してくると、彼のうなじをつかみ、無理やり顔を引き寄せた。彼はあまりの嫌悪と恐怖で、気を失いそうになった。実際、そこで目が覚めなかったら、頭がどうかなっていただろう、と言っていた。すぐに明かりをつけ、その夜は二度と眠らないようにしたそうだ。しかし、朝に会ったときは目が落ちくぼみ、顔色は蒼白で、ひどい有様だった。クラークソンのことが心配でならなかったよ」

「なんておぞましい夢だろう！」私は言った。「死体窃盗が失敗に終わる現場を見たにちがいない。だが、どうしてそっちの方面に心が向いたんだろうね。そういう事件に関連した本でも読んでいたのかい？」

「私もそれをたずねてみた。だが、クラークソンには何も思い当たる節はなかった。これまで一度もそんな夢は見たことがないし、記憶にある限り、何年もそういう本を読んでもいないし、考えたこともないということだった。彼は一日じゅう、とてもびくついていた。私は彼をあまり一人きりにしないようにして、できるだけ気分転換をさせようとした。天候は最悪だったが、彼はここの図書室で興味の持てる本を見つけたようだった。夕食のとき、私の部屋で眠ったらどうかと提案したが、受け入れてくれなかった。そんな真似をするのはおのれの弱さを露呈することだ、と考えたんじゃないかな。ただ、部屋の明かりをひと晩じゅうつけておくことは承知した。寝るときに、私はランプを運んでいき、彼がちゃんとベッドに入るのを確認した。ベッドのカーテンはたくし上げ、窓がガタガタ鳴りがちなのでストッパーで固定した。それから夜中に来てほしかったら壁をたたけばいい、すぐに行くから、と伝えた。彼は消耗しきっていて今にも眠りこみそうだったので、私は彼の部屋を出て自分のベッドに入ったんだ。

一時少し過ぎだったが、隣の部屋の悲鳴で目を覚ました。大きな声ではなかった。それどころか、誰かが布団の下に頭を突っ込んで叫んでいるみたいな、くぐもった声だった。もっと聞こえるだろうかと耳を澄ますと、隣で寝ている人間が足をばたつかせ、手を振り回し、どうやら何かと格闘しているみたいな音が聞こえてきた。

ベッドから飛び出ると、クラークソンの部屋に走っていき、ドアを押し開けた。部屋の明かりは消えていて、真っ暗だった。さっき聞いた音は止んでいたが、低い衣擦れの音は聞きとれた。ランプとマッチを手探りした。まもなく部屋が明るくなった。最初は何も問題ないように見えた。クラークソンは仰向けに横になっている。ただ、ベッドのカーテンは下ろされていて、かすかに揺れていた。そのとき彼の顔が目に入って、最悪のことを覚悟した。顔が土気色で、かっと見開かれた目は虚空を見つめ、二度と見たくないような表情を浮かべていたんだ。両手は毛布の端をつかんでいたが、あまり強く握りしめたせいで血の気がなく白くなっていた。手首をとって脈を探った。だが、すでに心臓は停止していた。あとはもうたいして話すことがない。すぐに電話のところに行き、医者を呼んだ。医者は心臓発作を起こしたと言うだけだった」

「どうして心臓発作が起きたのか、それが問題だよ」私は言った。

マニングは黙りこんでいる。

「部屋で何か見なかったのかい?」

「ああ、何も」マニングは答えた。「だが、ランプを手探りしていたとき、何かに手が触れたんだ。というか、触れたと思った。ウールみたいな柔らかい布地だったが、冷たくて湿っていた。ランプに火をつけたときは、そういうものは何も見当たらなかった。ただの想像だろうね」

「そのベッドをじっくり見てみたいな。そういう霊魂だか何かを見たのは夜だけというのは奇妙だよ」

「いつでも好きなときにベッドを見てくれ。でも、その線からはあまり出てこないんじゃないかと思うよ。十八世紀からこの屋敷にあるベッドだし、私自身が子供の頃、十年以上、そこで寝ていたんだ。ベッドにどこかおかしな点があれば、絶対に気づいたはずだろう?」

「もちろん、そうだろう。ベッドの由来は知らないんだろうね?」

「ところが知ってるんだ。数年前の冬、一族の大量の古い書類や帳簿と格闘して過ごしたことがあるんだよ。そのとき屋敷内のいくつかの家具について、元々の請求書を発見したんだが、ベッドもそのひとつだった。すぐに見つけてくるよ」

マニングは書き物机に近づいていき、引き出しを開け、ひもで縛った書類の束を取り出した。

「ああ、これだ」彼は言いながら、一枚を私の方に差し出した。

グレゴリー・マニング郷士

ジョー・エイモス・ソウムズ殿

室内装飾および戸棚製造
ブラック・スワン・ヤード、
鵞鳥邸

内訳計算書

		£	ʃ	D
1771年 7月18日	マホガニー製の二人用天蓋つきベッドフレーム 優美な彫刻入りの支柱とカーテンボックス カーテンおよび備品含む（緑地に黄色のチューリップ模様のスピタルフィールズ製シルク）	9	12	—
	羽毛入りベッド用長枕とクッション	5	14	—
	裏地用材料	1	3	—
	紋章		6	—
	計	16	15	—

1772年12月7日受領

エイモス・ソウムズ

興味しんしんで私はそれに目を通した。「ずいぶん上等な品を買ったものだね！」

「問題があるようなベッドじゃないんだ。さあ、よかったら二階に行って、自分の目で見てくれ」私たちは寝室に上がっていった。

すてきなベッドだった。もちろん傑作というようなものではなかったが、腕のいい職人が造ったものだということは一目瞭然だった。昨今は目の玉が飛び出るほど高価な家具でもなければ、こういう品にはお目にかかれない。四本の柱は見事な旋盤加工で優雅な曲線を描いている。天蓋にはアカンサス葉飾りが彫られた木枠のカーテンボックス。カーテンや飾り布は色褪せた黄緑色のシルクで、チューリップの模様が一面に刺繍されていた。

「元からのカーテンみたいだな」私は言った。「驚くほど保存状態がいいね」

「確かにそうだ。父の時代にはカーテンはつけてなかったんだが、数年前に家政婦が古い戸棚から見つけ出してきてね。ベッドにとりつけるときには、私も手伝った。もちろん、請求書を発見したので、それが元々のカーテンだってことは確認できたよ」

私は手近のカーテンの裾をつまんだ。

「びっくりするほど重いな」私は言った。「中に大量の布が入っているにちがいない」

手でつかんでいる布は三種類の異なる生地からできているようだった。表地に使われている黄緑色の花模様のシルクと裏地の黒いシルク。中に詰められた厚みのある生地。裾の方を調べてみると、ほつれている場所があった。そこからのぞくと、中の詰め物はウールで、目の詰まった灰色の布だということが見てとれた。カーテンから手を離して、さらに調査を続けたが、気の毒なクラークソンの奇妙な悩みの原因になるようなものは、まったく見つけることができなかった。

謎は解けそうにないということで、二人とも意見が一致した。私はツタンカーメンの墓を発掘した一行の運命について言及し、生きているときに何十という墓を発掘したにちがいないクラークソンは、もしかしたら知らないうちに、手を触れるべきではない誰かの安息を妨げてしまったのかもしれない、と言った。もっともそれはたんなる推理にすぎず、友人の死についてこれ以上わかることはないだろう、というのが本心だった。

しかし、私はまちがっていたのだ。このできごとには後日談があったからだ。一年近くのち、マニングから手紙が届いた。その該当部分を引用しよう。

「クラークソンの死に関連があるにちがいない新しい事実が判明したんだ。きっと、きみは好奇心をかきたてられるだろうね。私はベッドの請求書を〈ヴィクトリア&アルバート博物館〉の某氏に送ることを思いついたんだ。彼は十八世紀の家具製造者について誰よりも詳しいんでね。そして、エイモス・ソウムズについて情報がほしいと頼んだ。彼はソウムズの経歴と、彼によって製造された現存する家具について、数ページにわたる資料を送ってくれた。しかし、とりわけ興味深かったのは、一七九一年の裁判記録の抜粋だった。二人の被告のうちの一人がソウムズで、死体窃盗の罪により市の教会墓地で現行犯逮捕されたのだ。二人とも有罪になり、最後に絞首刑に処された。報告書には、死体を医師に売った金の取り分の他に、ソウムズは役得で屍衣と棺一式も手に入れていた。それを彼は家具製造と室内装飾という合法な商売の方で再利用していたのだ。これを読み、私は改めてベッドのカーテンを調べてみることにして、一枚をほどいてみた。疑いは当たっていたよ。中に入れられていた灰色のウールの布地はあきらかに中古品で、屍衣として使われていたことに賭けてもいい。言うまでもなく、このぞっとする発見のあとで、すべてのカーテンや飾り布を破棄し、ベッドは屋根裏にしまいこんだ。私に推測できるのは、あのカーテンに禍々《まがまが》しい力が潜んでいたということだけだ。気の毒なクラークソンは多くの墓を暴いてきたので、おそらくそういう力には、ことさら影響を受けやすかったのだろう。だとすると、最後の審判の日に、あの考古学者は死体盗掘者と呼ばれるかもしれないな」

黒人の頭

THE NEGRO'S HEAD

十八世紀は啓蒙と蛮行が異様な形で交じり合っていた時代だった。誇らしげに〝理性の時代〟などと喧伝されたが、実体は、無知蒙昧と野蛮さがまかりとおっている暗黒の時代に、薄っぺらな文化を貼りつけただけにすぎない。貼りつけたものがきわめて薄い箇所からは、暗愚と迷信という禍々《まがまが》しい力がふるわれているのをいまだにのぞき見ることができる。

一七五九年に解決されたとされていた犯罪の真相を私が発見したのは、ある意味で運命だったのだろう――ただし、幸運と呼ぶつもりはない。尊敬すべき検死医ドクター・ペティグルーの名声を汚したいとも思っていない。彼には入手できなかった証拠に、たまたま遭遇しただけなのだ。だいたい、その証拠は、彼が検死をしたときには手に入らなかった。自分の発見を手柄にするつもりもそれほどない。長い歳月を経た後に、少なからぬ偶然によって成し遂げたものだからだ。しかし、それによって、きわめて特異で残虐な物語の全貌を知ることができるので、ここに書き留めておきたいと思う。

十年ほど前に、謎めいた孤独な画家、ジャイルズ・ハッシーの絵を買った。十八世紀美術の研究者でもなければ、彼の名前すら記憶にないのではないかと思う。無視されてきた天才だと、バリーが声高に主張したおかげで、現在ではその存在が認められている。少なくとも、すぐれた骨董品のスケッチについては。しかし、私の絵は骨董品のスケッチではない。ペンと水彩で目を閉じた黒人の頭部を描いたものだ。広い額には十字架が描かれ、こめかみからこめかみまで横線が、鼻柱から髪の生え際まで縦線が走っていて、異様な呪術医のような相貌だ。十字架の線は太く、連続した花模様でできている。いくぶん様式美的で当世風な花模様で、ところどころに蔦の葉があしらわれている。絵だと、それが皮膚に描かれているか、入れ墨のように見えた。絵の下には画家のサインと「一七五九年十月二十二日の検死で描かれた黒人の頭部」という言葉がきちんと記されていた。その絵を売った画商は、来歴についてまったく知らなかった。別の画商が亡くなり在庫品が売却されたときに、他の大量の絵といっしょに買いつけたにすぎなかったからだ。

私はがぜん興味がわいた。説明できない品を所蔵していることが元々嫌いだということを別にしても、突然の謎めいた死に、常に病的なほど関心を抱いているからだ。そこで、二方向から調査をしてみることにした。まず、民俗学者でアフリカの人種を専門にしている友人に絵を送った。彼の返事から関連部分を引用しよう。

「描かれている黒人は、アフリカ西海岸出身であることはほぼ疑いない。現代だと、彼の同族はナイジェリアで発見されるだろう……男の額に描かれているような原住民の装飾はこれまで見たことがない。当然ながら、花や蔦の模様は、おもにヨーロッパのものではないのか？」

第二に検死の線をたどってみることにした。想像がつくと思うが、これは簡単な作業ではなかった。死亡地も男の名前もわからなかったからだ。しかし、正確な日付を知っていたので、大英博物館でその日の新聞を苦労して調べてみた。失望に終わった。ケベックでのイギリス軍の華々しい手柄とウルフ将軍の死という悲しい知らせのために、それ以外のできごとは影が薄くなっていたのだ。そのせいで、当時も、その事件はたいして評判にならなかったにちがいない。もしかしたらコック・レーンの幽霊事件に劣らず有名になっていたかもしれないというのに。

検死の記録をたどるという観点からだと、一七五九年は不都合な年だった。この頃、検死医の審問報告書がおもにロンドンに送られる制度がなくなり、いくつかの州の法律事務官に提出されるようになった。最初のうち、そうした記録を保管する州のシステムはうまく機能せず、その結果、いらだたしいことに記録にかなりの欠落が起きた。ただ、その点では幸運に恵まれた。公文書館に保管された裁判所の記録の中に、一七四八年から一七六七年までの検死審問報告書の束が含まれていたのだ。そこで求めているものを苦労して探し出し、記録書類から、以下の情報をメモしてきた。

一七五九年十月二十日の午後四時、鳥猟者のジョン・キンブルが、テムズ川のケント州の土手、スウォンズクーム・マーシュの干潟で黒人の死体を発見した。引き潮だったので、水中に突き出している防護壁に死体がひっかかっているのが見えたのだ。羊飼いの助けを借りて、キンブルは死体を乾いた地面まで引き揚げた。その晩、キンブルは地元の治安判事にそれを報告した。死体はロチェスターに運ばれ、検死医のドクター・ウィリアム・ペティグルーが、〈キングズ・ヘッド〉の二階で十月二十二日の朝に検死をおこなった。死体の身元を確認しようと現れる者は一人もいなかった。死体は二十歳ぐらいの男性で、粗末なブロード地のスーツを着ていた。ポケットは空《から》だった。検死医は、死者は船で雇われている使用人とよく似ているから、船上からテムズ川に落ちたのだろう、と推測した。陪審の一人が男の額の模様について注意を喚起すると、検死医は「異教徒の偶像崇拝の所業」という意見を述べた。評決は「溺死」となり、翌日、死体は教区の費用で教区墓地に埋葬された。

これで調査は終わりだ、と私は考えた。少しわかったこともあるが、この男が誰で、どのように死んだかという大きな謎は未解決のままだった。外国船から黒人が落ちることはありうるし、この問題について、それ以上のことが判明する可能性はまずないだろうと感じた。驚くべき偶然の一致がなかったら、予想どおりになっていただろう。

私は多方面に興味を持つ蒐集家だ。私にとって、きわめて専門的なコレクションは無味乾燥で、素人の図書室よりも博物館にふさわしく思える。私の購入品は絵、写本、刊本、版画、青銅器時代の骨董品、二度打ち時計やアストロラーベ〔古代の天文学者や占星術者が用いた天体観測用の器機〕と多岐にわたった。いや、これだけではない。ほぼすべての骨董の分野で、珍しくて興味深い物を見つけると買わずにはいられなかった。蒐集対象として、かなり変わったところでは、初期の製本業者の道具があげられるだろう。製本そのものにも以前から夢中だったので、残念ながら滅びかけているこの技能に必要なプレス機、花型〔先端部に装飾的なモチーフが刻まれた道具〕、筋型〔直線と曲線を革表紙に押すための道具〕、ルレット〔模様を彫った輪が柄の先についた道具〕を自ら購入し、本に補遺をつけるのは当然の成り行きだろう。ただ、そういう道具はなかなか見つけることができなかった。ロンドンの老舗の製本業者が一人か二人、先祖からの道具をそのまま保存していたが、そういう品が市場に出ることはめったにない。しかし、何年もかけて、私はささやかなコレクションを築き上げていた。ドイツ製の十六世紀半ばのルレットや、十八世紀後半の有名な製本業者ロジャー・ペインの繊細な花型を三つなどだ。私のために探してくれている親切な業者が、一年前に、ぜひご覧に入れたいものが店にある、と連絡してくれたときは喜んだ。それは大きな凝ったルレットで、輪をころがすタイプだった。十八世紀の製本業者が幅の広い金箔の縁取りをモロッコ革の表紙につけるときに使われた。私は吸い取り紙にころがしてみて、できあがった模様をしげしげと眺めた。花と蔦の葉の様式美的な模様で、かすかに見覚えがあった。納得できる価格だったので購入することにした。家に帰ってきてようやく、どこでその模様を見たかを思い出した。急いでハッシーの絵を取り出し、黒人の額の十字架の模様とルレットでできる模様を、些細な部分まで比較した。この男は私がこの手に握っている道具によって焼き印をつけられたとしか、考えようがなかった。真鍮の柄にはきれいなカッパープレート書体で「ジャクソン、製本業、クリップルゲート」と刻印されていた。

まさに、これは手がかりだった。クリップルゲートのセントジャイルズの教区記録を調べた詳細については、読者のみなさんを飽き飽きさせそうなので割愛し、地方税の記録と製本業者名誉組合のアーカイブを調べたとだけ申し上げておこう。その結果ついに、一七五九年の奇妙なできごとを再構成できる記録が見つかった。理事と名誉組合には所蔵記録の引用を許可していただき、心から感謝している。

問題の記録は、ジョナサン・シュラインが手書きして仔牛革の表紙がつけられた三十ページに及ぶ文書に含まれていた。シュラインは一七六二年に組合への加入を認められ、一七八〇年に亡くなった。言葉遣いはその時代にしてはやや古くさく、限られた教育しか受けていなかったことを示唆している。彼の文章はあきらかに聖書を手本にしたものだ。いくつかの綴りのまちがいは訂正しておいた。文書は彼の死の数カ月前に書かれ、唐突にこう始まっている。

最近、しだいに衰弱してきたので、人生最後の恐ろしい旅立ちの準備をしておかねばと痛感している。わが魂の安らぎのためには、今もなお悲嘆と後悔に暮れるできごとを正確に記しておくべきかと愚考する。これほどの重い秘密を墓場まで持っていくのは至当とは言えぬであろう。迷信に我を失い、知人の愚かさと悪辣さに惑わされ、ただの異教徒の下働きとはいえ、同僚である男の残虐な殺害に加担するという挙に出てしまった。だが、それを文書に残しておけば、偶然にも読んだ後世の人々の益となるやもしれぬ。天にまします神よ、どうか深い共感と慈悲の御心によって、哀れな罪人が犯した若気の至りによる非道な行為をお許しくださいますように。

その後の文書は全文を紹介するには長すぎるので、要約し、何カ所か〝供述〟を引用するにとどめる。

一七五九年、ジョナサン・シュラインは、クリップルゲートのフォー通りに自宅と製本業の仕事場を構えるトーマス・ジャクソンの弟子として働いていた。ダニエル・デフォーの生家から数軒先の家だ。ジャクソンは一七六七年に亡くなった。製本業者名誉組合の理事を二度務め、死の床でかなりの額の金を貧しい教区民に分配してくれと遺言した。一七五九年当時、ジャクソンの家には彼自身と妻、十二歳になる娘のレイチェル、一番弟子のジョナサン・シュライン、二番弟子のイーノック・ボンドという男が暮らしていた。さらに女の使用人が二人いた。ジャクソンは思慮深い雇い主だったようで、フォー通りの暮らしはきわめて快適だった。文書には当時の製本業者の仕事場の様子が描かれ、進行中の作業や業界の噂話なども添えられていて、なかなか興味深くはあるが、今は寄り道せずに話を先に進めよう。シュラインはロンドン生まれだったが、ボンドはプリマス出身で、二人の弟子はあまり共通点がないようだった。シュラインはボンドをこう馬鹿にしている。

「怠け者でおしゃべりで、きつね火やいたずら小鬼や幽霊といった田舎話が大好きだ」

しかし、二人とも一家の娘への愛情は同じだった。彼女は溌剌とした愛らしい少女だったようで、作業場に一日じゅう出入りしていた。

一七五九年十月一日、トーマス・ジャクソンは黒人奴隷のソロモン・マーシュという男を雇い入れた。シュラインの文書には、リヴァプールの船主であるマーシュの兄がジャクソンに金を借り、その借金の形《かた》として働くことになった、と記されている。これは充分にありうることだ。シュラインは新入りを気に入った。

「中背の真面目で勤勉な青年はさまざまな肉料理や飲み物を作ることができ、みんなにふるまってくれた」

一方、イーノック・ボンドは黒人に対して根強い嫌悪感を抱いていた。ボンドは若いときにプリマスで多くの水夫たちといっしょに過ごしたが、水夫連中は奴隷取引に関わっていた。生まれ故郷の町の波止場や中庭で聞きかじった象牙海岸の話を、ボンドは鵜呑みにしていたのだ。「すべての黒人には悪魔が潜んでいる、というのが彼の口癖であった。互いを貪り食う野蛮な習慣がある未開人だと嫌悪し、残虐さと欲望においては悪魔ですらかなわない、と。連中は奴隷になっても魔術や妖術は言うに及ばず、ぞっとする残忍な儀式を続けている、あんな怪物を家内に入れたとは親方の正気を疑う、不吉だ、きっと災厄が起きるにちがいない、彼はそう文句を言い立てていた」

不運にもこの陰気な予言は実現してしまう。黒人が到着してから一週間もしないうちに、娘のレイチェルが二階の窓から転落して亡くなったのだ。打ちのめされた両親に劣らず、心から彼女を愛していた二人の弟子は嘆き悲しんだ。イーノック・ボンドは、黒人の肉体に悪魔が潜んでいると信じていて、その考えをシュラインに折あらば説いていたので、シュラインもしだいにボンドの信念に共感するようになっていった。

「若さゆえの愚かさと無節操のせいで、彼の話にしだいに耳を傾け、黒人の肉体に潜んでいた悪霊が、かわいいレイチェルの死を企んだと信じるようになった。ボンドは復讐をしたいと強く主張し続け、この犯罪が贖われなければ、次に誰が犠牲になるかわからないと脅した」
こうして二人の弟子は新たな不運に見舞われないように計画を練りはじめた。そして、黒人の悪魔祓いをする手段を思いついた。言うまでもなく、ボンドが首謀者で、詳細に至るまで計画を練り上げた。陰謀を企む二人にとっては幸いなことに、娘の葬儀の数日後、十月十二日にジャクソンと妻はイズリントンに住む妻の姉のところに三日間滞在するために出かけた。二人の女性使用人は休みをもらい、黒人は二人の弟子たちといっしょに家に残っていた。文書から最後の一、二ページをそっくり引用することにしよう。

そして、すべての準備が整うと、ボンドは大声で呼んだ、「ソロモン、ソロモン」と。彼が戸口にやって来ると、ドアの陰に隠れて待ち伏せしていたボンドは、太いオークの棒を振り上げ、彼の後頭部を思い切り殴りつけた。すると黒人は仰向けに倒れ、荒い息をつきはじめ、抵抗をすることもできなくなった。そこでボンドは暖炉から製本用のルレットをとり、神の言葉を（神よ、彼を許したまえ）叫んだ。「汝、汚れた霊よ、この男から出ていけ」そして、黒人の額に大きな十字架の焼き印を押した。とたんにソロモンは激しく震え、虚ろなうめき声を上げると、白目をむいた。だが、すぐに全身から力が抜け、動かなくなった。もはや苦痛を感じなくなったようで、安らかな相貌だった。呼吸は止まり、胸に手を当てても、心臓は鼓動していなかった。その瞬間、彼は悪魔ではなかった、自分たちは無実の男を死に至らせてしまったのだ、という神の啓示に打たれ、絶望のどん底に突き落とされた。タイバーンの死刑執行場で自分の首に絞首刑の縄がかかっているのが、目に見えるようだった。相棒も早まった行動の結果に気圧《けお》されているように見えた。こうして、二人とも恐怖と肉の焦げる悪臭に胸がむかつきながらすわりこんでいた。それから、絞首刑から逃れる計画を私が作り上げた。まず、彼の身元がわかるようなみすぼらしい持ち物をすべてはぎとった。それらは私が埋めた。その晩遅く、二人で死体を荷車に乗せ、番人の目を盗んでテムズ川の土手へ運んでいった。何度も逮捕されると覚悟したが、運に恵まれてワイン醸造所の裏手の川縁までたどり着き、階段から犠牲者を水に落とすと、死体は沈んで見えなくなった。数日後、主人が戻ってくると、ソロモンは逃げてしまったと報告した。主人は多少問い合わせをしていたが、娘が突然亡くなった悲しみが大きく、あまり騒ぎ立てることもなかった。われわれは胸にいすわる恐怖のせいで、何週間も丹念に新聞に目を通していたが、死体が発見されたという記事は載らなかった。ただ、イーノック・ボンドはこの世での裁きは受けずにすんだが、もっとも卑しい人間ですら守ってくれる神の摂理の報復を逃れることはできなかった。聖書にあるように、一羽の雀の死ですら、神は気に留めておられるのだ。一週間ほどして用があって船で出かけたとき、グローブ・

ステアーズから船出すると、船頭が浅はかにも大型貿易船の航跡に船を進めてしまい、われわれの船は転覆した。私と船頭はひっくり返った船にしがみついたが、子供の頃から水泳が得意だったボンドは大きな悲鳴を上げた――「ソロモン、ソロモン」と。そして首に石臼が縛りつけられているかのように水中にズブズブと沈んでいった。人は川底から三度浮かび上がるとよく言われるが、彼は二度と浮いてこなかったし、死体もとうとう回収されなかった。そしてその日から今日まで、神の復讐が自分にも及ぶといけないので、私は二度と船に乗っていない。それでも、この二十年間生き延びてきたが、いまや最期が近づいてきたので、若者に警告を与え、わが永遠の魂に安らぎを与えるために、ここに真実の話を書き記しておく。

ジョナサン・シュライン記。一七八〇年一月十七日。

最後にロチェスターに行ったとき、ソロモン・マーシュの墓を探そうとしたが、記録は残っていなかった。自国の人間の手にかかって哀れにも殺された黒人を、ささやかながら追悼したいと考えたのだが。

というわけで、彼の運命が頭にあるせいで、人々が理性の時代と安直に口にするのを聞くたびに、私はつい苦笑いをもらしてしまう。

トレガネット時禱書

THE TREGANNET BOOK OF HOURS

多くの画家が超自然現象を描こうとして、たいてい手ひどく失敗している。挿絵入りシェイクスピア本の『ハムレット』で目にする凡庸な出来の幽霊の絵など、私から見ればジェスチャーゲームほどの不気味さもない。ただし、人間が幽霊を見たら、こう感じるはずだというものを描き、見る者にも同じように感じてもらおうと試みた画家も少数だがいた。フューズリはわずかだが成功した。ゴヤは大きな成功をおさめた。ゴヤの場合、描いたものを実際に自分で経験したことがあるにちがいないという気がする。しかし、おおかたの幽霊は、見たままを描ける人間の前には現れないよう、細心の注意を払っているように思える。それゆえ、たいそう見事な細密画だったにちがいない絵が破棄される前に目にできなかったのは、かえすがえすも残念である。

少し前、私は挿絵入りの写本を購入した。時禱書だ。中世後期によく見られる装飾をほどこされた本で、聖人のカレンダー、聖務日課の定時課の祈り、洗礼式と埋葬式のための式次第が載っていた。挿絵はキリストの生涯を十二の細密画で描いた典型的なものだった。写本は上等な仔牛革が使用され、表紙は古びた赤いベルベットで装丁されていた。

無謀にも一瞬、財布のひもがゆるんで、この十五世紀の写本を買ってしまった。ピアポント・モルガンやリチャード・ヒーバーのような偉大な蒐集家だと勘違いされるといけないので、一言つけ加えておくが、それはきわめて地味な時禱書で、たとえばフランスのベリー公の蒐集品の飾り棚には絶対に置かれていないような品だ。その装飾や細密画は専門家が「大量生産品」と軽蔑するような水準だった。事実、一四八〇年ぐらいにイギリス市場向けにフランダースで製作されたもので、巧みに文字が綴られ絵が描かれているものの、偉大な芸術作品ではない。それでも、私は心から誇らしく感じていた。というのも、所有する挿絵入りの写本はそれ一冊だけだったからだ。

その後まもなく、友人がわが家で食事をした。彼は大英博物館の写本部門で働いている。食後、私はさりげない口調でこう切り出した。「そうそう、先日、なかなかいい時禱書を手に入れたんだ」そして、宝物を彼に渡した。彼は一ページ一ページ、実に丁重に調べてから、こう言った。

「埋葬式の細密画が現代の複製なのは実に惜しいね！」

私がそのとき感じたのは屈辱どころではなかった。問題の細密画をじっくり見てみた。埋葬式の細密画は十中、八、九がそうだが、そこにもラザロの復活が描かれていた。もちろん友人の言うとおりだった。画風は他の細密画ときわめて近かったが、拡大鏡で子細に調べてみると、現代の職人の手によるもので、切り取られたページの残り部分に貼りつけられているとわかった。

友人は私の傷ついた虚栄心を慰めようとしてくれた。

「驚くほどよくできた複製だよ。これだけの仕事ができる人間は、知る限りで一人しか生存していない。その細密画を描いたのはクラークソンという老人だ。賭けてもいい。博物館で彼の作品を他にも見ていなかったら、私もすっかりだまされただろうね」

「贋作師なのかい?」

「そう呼ばれたら腹を立てるだろうな」それが彼の答えだった。「彼は傑出した写本彩飾師で、おもな仕事は過去帳とか式辞とかそういったものなんだ。ただ、中世の写本の複製の仕事も引き受けている。しかも、すばらしい手腕を発揮しているよ!」

私は無念そうにうなずいた。友人が帰ってしまうと、改めて時禱書を調べたが、その小さな点を除けば他の欠点は見つけられなかった。最初のページの楯形の部分にはかつて紋章が入っていたはずだが、そこに描かれていた紋章は慎重に消されていた。露出した子牛革の白さからして、消されたのはそれほど昔ではないにちがいないと推測した。

そのときはその問題についてそれ以上深く考えなかったし、相変わらずこの時禱書を自慢にしていた。百ページ近い写本のうち、たった一ページが複製にすぎないのだ。そして、私は不愉快な真実に向き合いたくなかったので、その後、客に時禱書を見せるときは、そのページをすばやくめくるようになった。

エフェメラ〔一時的な印刷物〕の中で、書店の目録ほど魅惑的なものはない。朝食の席にそれが届き、ベーコンエッグを口に運びながらめくっていき、ずっと探していた稀覯本を求めるために、朝一番で葉書を――あるいは状況によっては電報を送ることは、人生における最大の喜びに数えられる。さらに、私は古くなっても目録を捨てることができなかった。山のように積まれた目録に対して、思い切った手段をとる必要が生じない限りは。というわけで、だいたい三年に一度は大々的に整理をした。一部は参考資料としてずっと保存しておくために取り分けた。残りは格別に関心のある記事を切り抜き、スクラップブックに移動してから、渋々ながら廃棄した。

古い目録をめくるのは習慣になっているが、そういう折に、この時禱書の説明に遭遇した。今世紀前半には偉大な会社だったが、今はもう存在しないレイトン社の古い目録の束を眺めていたときのことだ。そこに掲載されていたのは、まちがいなく私の時禱書だった。装飾、細密画、装丁の説明からして確実だ。しかし、二点が異なっていた。まず、冒頭の紋章は、目録の発行年である一九〇四年にはちゃんと存在した。残念ながら「出所不明の紋章」としか説明されていなかったが、まだ消されていなかったのだ。二つ目の相違点はさらに衝撃的だった。印刷されている説明文から引用しよう。

「十二枚の細密画は十五世紀のフランダースの彩飾の傑作例だが、埋葬式を描いた十二枚目は別人の手になるものだ。未熟な筆致ながら、教会の内部をペンとインクで鮮やかに描いている。前景の二人の人物はラザロの復活を手助けしており、信徒席にすわる人物がそれを見守っている。四番目の人物はあきらかに司祭で、教会のドアから飛び出していく姿が描かれている。通常のラザロの復活の場面の描き方とちがうので、この絵について説明するのはむずかしい。ただし、写本の他の部分とほぼ同時代のものだと思われる」

これで、きわめて興味深い問題が出てきた。なぜ何者かはこの二十年の間に元の細密画を破棄して、現代風にアレンジしたラザロの復活の絵に差し替えたのか？　さらに、なぜ紋章を消したのか？　私は好奇心がいたく刺激され、この謎に対する答えをどうしても見つけたいと思った。

まず元の所有者をたどってみることにした。これを買った競売で写本は「ある紳士の所有物」と説明されていたが、競売人は当然ながらクライアントの身元を明かそうとしなかった。

そこで大英博物館の友人から、写本彩飾師のクラークソンの住所を教えてもらい、彼に会いに行った。彼はその写本を覚えていて、現代風の細密画を描いたことを認めた。ただ、彼が写本を受けとったときには、すでに元の絵は切り取られていたし、紋章も消されていた。その仕事を依頼した人物の名前をたずねると、さんざん躊躇したが、しまいには教えてくれた。コーンウォールの古物蒐集家で、私は彼が出版した著作を読んだことがあった。そこで彼に手紙を書き、すでに判明している事情を伝え、この件について好奇心を満足させてもらえないだろうか、と頼んだ。けんもほろろの返事が送られてきた。彼の手紙を引用しよう。

あなたが推測したとおり、お手元の時禱書の以前の所有者は私で、私が細密画を破棄し、別のものに差し替えた。そうした行為が気まぐれな破壊行為だと非難されることは充分に承知している。ただし、それについて弁解するつもりも、ましてや語り合うつもりもない。私にとって、その行為は完全に筋が通っており、その件に関して良心がとがめることは何ひとつない、とだけ申し上げておこう……。

これ以上、できることはなさそうだった。説明のつかない謎を棚上げにしておくのはいらだたしかったが、彼に無理強いすることはできないし、口を閉ざしているには相応の理由があるのだろうと推測した。
一年ほどして彼は亡くなり、遺産管理人から、彼の筆跡で私の名前が書かれ、封緘した手紙が届けられた。封筒には数枚のフールスキャップ紙にびっしりと綴られた手紙と添え状が入っていた。

親愛なる〇〇氏、やはり、あなたに時禱書に関連した話をお伝えするべきだと考えました。私は一九〇四年にレイトン社からそれを買い、埋葬式の異様な細密画に好奇心をかきたてられました。そして、その絵に何がこめられているかを苦労の末に探り出したのですが、そんなことをしなければよかったと後悔しています。その日から、時禱書を見るたびに身震いが出るようになったのです。さらに葬儀に対して説明のつかないほどの恐怖を覚えるようになり、自分自身の埋葬式のことを考えただけで、息が止まりそうなほど恐れおののきました。細密画を破棄したのは、自分自身の心の平安のためです。そして物語を解く鍵になった紋章も消しました。ラルフ・トレガネット修道院長の紋章でした。コーンウォール州フォイ近くにある、聖フェイガン・ベネディクト会修道院の最後の修道院長です。修道院は一五三六年に解体されました。私はドーセット州のミルトン大修道院ベネディクト会教団の書庫で、この修道院の記録を発見したのです。その中には最後の修道院長の覚え書きがあり、そこから以下の物語を再現できました。それを読めば、あの細密画が私の想像力にいかに力を振るったかを理解していただけると思います。そして、比類のないほどおぞましい場面の目撃者が描いた絵を廃棄したことで、私を責めるお気持ちも少しは和らぐことでしょう……。

どれほど興味を募らせながら、私がフールスキャップ紙を手にとり、読み始めたかはご想像がつくだろう。

旧家であるトレガネット一族は、はるか昔からコーンウォールのセント・デニオルの領主だったが、十八世紀初めに一族は断絶した。私は現在の荘園屋敷を訪ねたことがあるが、十七世紀に建てられたものだった。ただし、それよりもずっと前に造られた土台の上に建っている。州の激動の歴史において、トレガネット一族は常に指導的役割を果たしてきて、一四五二年に生まれたヘクター・トレガネットも例外ではなかった。多くの西部地方の紳士のご多分にもれず、彼もランカスター党員として熱心に活動し、若いときはテュークスベリーで戦った。一四九七年の反乱の際には、四十五歳になっていたものの、南イングランドを端から端まで行進し、デットフォード・ストランドで敗北を喫した。ここでトレガネットは恩赦を受け、自分の地所に戻ってきた。しかし、この扇動者は王の平和を乱すだけではなく、近隣の人々にとって、いわば災厄だった。当時、多くのコーンウォール人がそうだったが、彼も海賊行為に手を染めていたのだ。ちなみに開封勅許状簿を見れば、フォイからブルターニュの港に出航する船を略奪したという記述が見つかるだろう。ようするに、トレガネットは強力な統治体制がないときに権力を濫用するような人間で、封建主義の無政府状態や社会不安を利用した日和見主義者だった。息子の修道院長の覚え書きなら、もっとましな人間像が描かれていそうなものだが、その記述からですら、トレガネットは無謀で横柄な人間に思えたし、自分の目的を達成するためなら罪を犯すこと、いや、殺人ですらためらうことはなかった。

トレガネットの地所は非常に広大で、セント・オーステルからフォイに至る岩だらけの海岸沿いの土地も含まれていた。東側には聖フェイガン修道院の土地があり、そこに代々のトレガネット家の人々の墓があった。北側にはトーマス・プレストという自作農の小さな土地が接していた。プレストとトレガネット家の間には、はるか昔の境界争いに端を発する確執があった。トーマス・プレストは高潔で意志の強い人間のようで、自分よりもはるかに大きな権力を持つ隣人の脅しにも屈しなかった。かなり挑発されても、たとえば牛を追い払われたり、使用人が殺されたりしても、きわめて穏健に対応していたようだ。内戦の時代には、法的賠償を求めることはむずかしかったのだろう。大きくないとはいえ彼の地所は豊かで、ヘクター・トレガネットは以前からそこを手に入れたいと目をつけていた。一五〇二年、彼は非常に悪辣なやり方で、その土地をセント・デニオルの領地に合併することに成功した。修道会の文章では多少ぼかしてあるが、彼が近隣一帯にプレストが黒魔術を使っているという噂を流したことには疑いの余地がない。その噂に迷信深い農夫たちは動揺し、ついにある晩、彼らの一団がプレストの屋敷に乗りこんできて火を放ったのだ。トレガネット自身も、その暴動をほくそ笑みながら眺めていた。子供のいないプレストと妻は逃げ場を失って二階の部屋に閉じこめられたが、暴徒たちは誰も二人を助けようとしなかった。燃えさかる建物を暴徒たちが取り巻いていると、一瞬、煙が薄れ、窓辺にいるトーマス・プレストの姿が見えた。プレストは下にいるトレガネットに気づくと、自分は無実だと神に呼びかけてから、敵に呪いをかけた。「あの男が聖フェイガンの修道院の墓地に、先祖といっしょに埋葬されることがありませんように」煙が再び勢いを増し、彼の姿はもはや見えなくなった。彼も妻も焼け落ちた建物の中で死に、相続人がいなかったので、地所はトレガネットに奪われた。

だがヘクター・トレガネットの心は安らかではなかった。自分が陥れた隣人の呪いの言葉が耳にこびりついていたのだ。以前に比べ外国に行くことが少なくなり、海賊行為も慎むようになった。自分のベッドで死に、先祖といっしょの墓に入りたいと切に願ったからだ。

一五一〇年にヘクター・トレガネットは亡くなった。死の床で、二人の息子は修道院の墓地に埋葬すると約束してくれた。これで呪いを無力化することができたと、彼は安堵して息絶えたのだった。

埋葬式の日は暑くて風がなく、曇り空だった。息づまるような空気があたり一帯に重苦しく広がっていた。ヘクター・トレガネットの棺はゆっくりと屋敷から修道院の教会へと運ばれていき、聖歌隊席の前に下ろされた。会衆席は小作農たちで埋まり、聖歌隊は修道院の十人の修行僧と六人の平修士で構成されていた。葬儀を司宰する神父の声が埋葬式の祈りを唱えはじめると、暑さは息苦しいほどになり、教会の中がすうっと暗くなった。神父が「忘れ《メメント》る《ホモ》な、《キア》塵にす《プルヴィス》ぎ《エス》な《エト》い《イン》汝は《プルヴェーレム》塵に返る《ルヴェルテリス》」と唱えたとき、ふいにまばゆい光が走り、頭上で一度だけ雷鳴が轟いた。会衆たちは閃光で半ば目がくらんだが、薄闇にまた目が慣れると、聖歌隊席に二つの人影が立っているのが見えた。棺の両側に一人ずつ。会衆と修道僧たちは立ち上がって一斉に教会から逃げ出し、葬儀をおこなっていた神父までが逃げていった。人々がいなくなると、滝のような雨がおどろおどろしい音を立てて降ってきた。しかし、死んだ男の下の息子は逃げなかった。足が不自由だったからだ。彼は聖歌隊席にいる二つの人影から目を背けようとしたが、できなかった。そのとき、二人とも目が見えないことがわかった。形がわからなくなるほど顔が黒焦げになっていたのだ。黒く焦げた切り株のような手で、二人は棺を探り、開けようとしていた。

息子は意識を失ってしまったにちがいない。というのも、その後の記憶はなく、二人の修行僧にのぞきこまれて、はっと正気づいたからだ。逃げ出した人々がようやく戻っていく勇気を奮い起こしたのは、数時間もたってからだった。人影はすでになく、棺は空《から》になっていた。ヘクター・トレガネットの遺体は、その後二度と発見されることはなかった。

下の息子は神に一生を捧げた。ベネディクト会に入り、その後、聖フェイガンの最後の修道院長になった。トーマス・プレストの地所は教会に寄付した。そして父親の罪を贖うため、神の怒りを買うことの危険を常に忘れぬよう、仔牛革に修道会教会でのできごとを記し、その場面の絵を描き、時禱書に描かれていたラザロの復活のフランダースの細密画と置き換えたのである。

霧の中の邂逅

AN ENCOUNTER IN THE MIST

私は暇がたっぷりある幸運な身の上だ。ただし、それにも不利益があった。わが家は大家族だったが、親戚一同が遠慮なく私の奉仕を求めたからだ。しかも管財人や遺言執行者が必要になると、真っ先に私の名前が挙がった。それはあくまで暇な時間があるせいで、自分がそういう世俗的な仕事に適性があると考えるほど、私はうぬぼれていない。しかし、理由は何であれ、亡くなった親戚の遺産を整理し、大量の書類を調べるという、退屈で報われない仕事を頻繁にこなさねばならない羽目になった。一九一二年に亡くなった母方のおじジャイルズの書類も、例外ではない。一八七〇年代に、おじは地質学者としてささやかな功名を立てた。中部イングランドのチョーク層の化石に関するおじの研究論文は、当時の一般的な教科書に載っていたはずだ。私は彼の所持品の処分に根気強く取り組み、サウス・ケンジントンの自然史博物館に交渉して、大きな戸棚十一本分におさめられた大量の地質学の標本を引き取ってもらった。さらに手紙と書類は自分の部屋に運んできて、暇な時間に調べることにした。それらは膨大な量があるうえ、退屈きわまりなく、最後まで目を通すには相当な意志の力が必要だった。しかし結果として、そうしてよかった、と心から思っている。というのも、一八七九年の退屈なできごとが延々と綴られた日記に、たびたび珍しい経験をしてきた自分の基準に照らしても、実に珍奇なできごとが記されているのを発見したからだ。おじは自分がどんなに驚くべき体験をしたかを正確に理解したようで、そのできごとについて、いかにも科学者らしく詳細に記録していた。ただし、あくまで事実にのっとって記し、個人的な意見は控えていた。以下の文章は日記から再構成したもので、大量の地質学的な記述や一般読者には興味がなさそうな部分は、割愛させていただいた。

一八七九年十月、当時三十代半ばだったジャイルズ・ハンプトンはウェールズで短い休暇を過ごしていた。友人のビヴァリーが最近リヴァプールの仕事をたたみ、カーナーヴォンシア州にあるスノードン山のふもとの斜面に家を建てたのだ。その家は多くの地質学的な遠征地の中心という、またとない場所にあったので、彼の招待は大歓迎だった。ジャイルズはファブラン・ヴァウルと名づけられた地所に、十月十日の夜に到着した。家は一八七〇年代の水準だと、とびぬけて快適だった。というのも、その地方で初めてのバスルームが設置されていたからだ。建築様式はとうてい現代的な趣味とは言えなかったが、眼下の谷間を見晴らす高貴な黄色煉瓦造りの小塔に、おじはすっかり魅了された。家は丘陵の中腹にせりだした部分に建っており、建物の正面テラスからはコンウェイ渓谷が望め、家のすぐ裏手には山がそびえていた。山の頂上まではおよそ十一キロほどだ。耕作地は家の下で終わり、庭先数百メートルからは岩だらけのヒースの斜面になっていた。

天気はよく、最初の一週間、ジャイルズはビヴァリーといっしょにあちこちに出かけた。二日間は狩りに、残りの日はその界隈のさまざまな人々を訪ねたり、風光明媚な場所に行ったりした。こうした社交活動のせいで、計画していた地質学的な遠征ができないのではないかという不安が、おじの日記には顔を出しはじめている。しかし、十月十八日、ビヴァリーは地元の市場町で片づけなくてはならない用事ができたので、その機会に乗じ、ジャイルズは丘陵の反対側、十六キロほど先にある大きな粘板岩の採石場まで日帰りで出かけることにした。空はどんより曇っていたが、早めに朝食をとって出発したときにはかなり天気が回復していた。肩掛けかばんに弁当と地質調査用のハンマーを入れ、山を越えるのに最適のルートについて厩番から詳しく教えてもらった。

山中での旅は予想以上に時間がかかるもので、ジャイルズが目的地に着いたときは十二時を回っていた。太陽が顔を出していたので暑くて疲れていたが、見学しにやって来た採石場が興味深く、すっかり元気を取り戻した。標本を集めることに熱中し、メモも大量にとったせいで、引き返そうとしたときは、すでに三時半過ぎだった。このときにはまたもや太陽が雲に隠れ、今にも雨が降りだしそうだった。山中の道を歩き始めたときに、案の定、ぽつぽつと雨粒が落ちてきて、もっと高い地点まで来たときは雨脚が強まっていた。頂上までたどり着いたときは、濃い霧がかかり、最初は数メートル先、少しするとほんの一メートル先ぐらいまでしか見えなくなった。おじは念のためルート上の目印をいくつもメモしていたので、霧の中でも正しい道を進んでいける自信があった。しかし、道はところどころで羊道ぐらい細くなっていてわかりにくく、やがて見覚えのない小川にぶつかったとき、正しい道からはずれてしまったことを認めざるをえなかった。一キロ近く後戻りしたものの、行きに目印にしておいた二つの大きな岩にはさまれた場所には戻ることができなかった。ここにいたって、ジャイルズはついに迷ったことを悟った。

しばらくすわって、状況を検討してみた。心配だったのは、山の中で一夜を明かして辛《つら》い思いをすることではなかった。自分が戻らなかったら、ビヴァリーがひどく心配するにちがいないことだ。おじは何よりも迷惑をかけることを嫌っていた。地所じゅうの小作人が徴集されて捜索隊が結成され、ふだんは冷静そのものの友人が大騒ぎしている姿がまざまざと目に浮かんだ。そのことが頭にあったので、霧の中、上の斜面から犬の吠え声と人の足音が聞こえてきたとき、ジャイルズがどんなに安堵したかは想像にかたくない。足音には杖を突く音も混じり合っていた。彼が叫ぶと、ウェールズ語が返ってきた。霧の中から現れたのは老人で、大きなコリー犬を従えていた。年老いてはいたが、壮健な様子だった。足首まで届く黒っぽい布地の外套をまとい、頭には何もかぶっていない。長くて白い髪が、親切さと善意をあふれんばかりに浮かべている赤ら顔を縁どっている。またウェールズ語で何か言われたので、ジャイルズが身振りで理解できないことを示すと、老人は安心させるようににっこりした。ジャイルズは身振りで道に迷ったと伝えたが、それは一目瞭然だろう。それから、友人の地所の名前、ファブラン・ヴァウルを三度か四度繰り返した。老人はまた微笑み、大きくうなずいた。それから片手を外套の懐に入れると、地図を取り出し、ジャイルズの前の石の上に広げた。もちろんビヴァリーの新築の家はそこに記されていなかったが、そこから数百メートル下の教会ははっきりと書かれていた。節くれ立った人差し指で、老人は二人が立っている場所を示し、それから、ジャイルズが目的地までたどるべきルートをゆっくりとなぞっていった。それを三回繰り返して、おじに完璧にルートを理解させた。それから地図をたたみ直すと、おじの手にそれを押しつけた。ジャイルズは遠慮しようとしたが、老人は笑って、ただうなずくだけだった。そこで心から礼を述べると、道に迷った旅人は教えてもらったルートをたどりはじめた。数メートル進んでから振り返ると、霧と迫りくる黄昏の中でかろうじて見分けられる人影が、こちらを見送っていた。ジャイルズは別れの手を振り、さらに数歩進んでからまた振り返ってみると、すでに案内人の姿は見えなくなっていた。

むだにした時間を取り戻そうと、ジャイルズは足を速めた。霧は濃くなっていたかもしれないが、たどっている道は地図にきちんと記されていたし、頻繁に地図を確かめながらぐんぐん進んでいくと、じきに尾根を越え、下り坂になったのでほっと胸をなでおろした。そこからは、干上がった河床らしきものをたどって、急勾配の険しい道を下っていくことになった。ほんの一、二メートル先しか見えず、慎重に足を運ぶ必要があった。ふいにおじは足を滑らせてつまずいた。その失敗が命を救うことになったのだ。ころんだ拍子に、小さな丸い岩を跳ね飛ばした。その岩が速度を増し、斜面を数メートルほどガラガラところがっていく音が聞こえた。それから、音はふっつりと消えた。数秒後、何十メートルも下でガシャンと激しくぶつかる音がした。おじは険しい崖の縁ぎりぎりのところまで来ていたのだった。ジャイルズがさらに石を落としてみると、同じ結果になった。地図を改めて見直したが、まちがいはしていない。教えてもらったルートを忠実に歩いてきたのだ。ここに至り、深刻な身の危険を実感した。これ以上動くのは愚かだと判断すると、石の上に悄然として腰を下ろした。ただ霧が晴れるのを待つしかないと思いながら、パイプに火をつけた。

一時間ほどした頃だろうか、下の斜面からかすかな叫び声が聞こえたので、ありったけの声でそれに応えた。じょじょに声は近づいてきて、ビヴァリーの御者の姿が見えた。御者と厩番は客の身を案じて、探しに来てくれたのだ。ビヴァリーはまだ家に帰っていなかったので、ジャイルズは心から感謝した。二人の使用人に付き添われて崖沿いに進んでいき、屋敷へ下る道と合流する地点に出ることができた。危険な目に遭ったとはいえ、それから一時間もしないうちに、ジャイルズは濡れた服を着替えていた。斜面での不思議な出会いについては救出者たちに黙っていたし、ディナーの席でも、その部分については招待者に語らなかった。ただ、霧の中で迷い、気づいたら崖の縁にいた、ということは話した。

「命が助かって、本当に幸運だったよ」ビヴァリーは言った。「あの山では無残な事故に遭っている人が何人もいるんだ。四年前には男性が亡くなった。ちょうど私がここに来る直前だ。きみがあわや落ちかけた、まさにその崖の下で発見されたはずだよ」彼は執事の方を向いた。「おまえも覚えているだろう、パリー。ちょうどあの場所だったんじゃないかな？」

「確かに、そうでございました。ロンドンからいらした紳士でしたが、この村の教会墓地に埋葬されたのでございます。わたくしは当時、フロン屋敷のトレフォー大尉にお仕えしておりまして、葬儀のために午後に休みをいただきました。ロバーツ牧師が埋葬を執り行いました。その日の祈禱はすばらしかったですよ。今も新聞の切り抜きをとってあります。『カーナーヴォン・アンド・ディストリクト・アドバタイザー』でございます。よろしければ、とってまいります」ビヴァリーはそうしてくれと言い、数分後、執事は新聞の切り抜きを手に戻ってきた。ビヴァリーとおじは地元記者の陳腐な文章を読んだ。一八七五年六月六日の日付になっていた。

「先日の水曜の早朝、青年の死体がアドウィ＝エール＝エリロン峠近くの崖下で発見された。検死の結果、死後数時間たっていた。遺体はロンドンの若い法律家、ジョン・スティーヴンソンと判明した。彼は休暇でランベリスを訪ねていて、火曜の朝に、わがウェールズのすばらしい自然を満喫するために出発したきり、夜になっても戻ってこなかった。憲兵隊のウィルソン・ジョーンズ郷士は特筆すべき公共心を発揮して行動し、捜索隊を組織したが、その努力は自然の冷酷さによってくじかれた。死者は霧の中で道をはずれ、崖から真っ逆さまに忘却のかなたへと落ちていき、若くして命を落としたと思われる。悲しい発見をした捜索隊の一員によると、不運な迷い人はとても古い丘陵地帯の地図を所持していて、その地図には今では使われていない峠越えの道が記されていたという。一八五二年の大きな崖崩れのせいでその一帯が跡形もなくなり、現在ではその道はきわめて危険なので使われていない。その大惨事は、付近の年配の住民の記憶にいまだに刻まれているそうだ。そうした古い地図を使っていたことが、この惨事の原因になったにちがいない。今後、この荒れた丘陵を逍遥するなら、身分の貴賤にかかわらず、すべての人にこの青年の悲劇的な死を心に留め、〝生の最中に死に臨む〟という深遠な教えを忘れないでいただきたい。この一帯の新しく正確で、きれいに印刷された折りたたみ式地図は（麻布印刷で全景つきが六ペンス、紙印刷で全景なしが九ペンス）当新聞社のオフィスで購入できる」

死体が持っていた古い地図という一節に、おじの脳はめまぐるしく回転したようだった。その偶然の一致に、もはや黙っていることはできず、彼は起きたことを洗いざらい友人に打ち明けた。ビヴァリーはおおいに興味をかきたてられたようだった。「地図について何か覚えていないか、パリー?」ビヴァリーはまた執事に質問した。

「はい、確かに覚えております。とても旧式なものでございました。ロバーツ牧師が牧師館に保管されておいでです」

「それだったら、おまえ、ロバーツ氏のところまで誰かをやって、私からの挨拶を伝え、よろしければこちらにコーヒーを飲みにいらっしゃらないかと伝えてもらえないかな? そして、その折に、地図を持ってきていただければ大変ありがたいと」

使用人が主人の命令を実行するために急いで出かけていった。「私がもらった地図はポケットに入っている」ジャイルズが言った。「とって来るよ」彼は地図を持ってくると、テーブルに広げた。二人は地図をのぞきこんだ。霧の中では何もおかしなところに気づかなかったが、明るく照らされた食堂だと、きわめて異様な点が判明した。印刷は初期の粗雑なもので、場所の名前の文字には長い〝s〟が使用され、紙は歳月で黄ばんでいる。地図の下の文字に最初に気づいたのはビヴァリーだった。きちんとしたカッパープレート書体で「マドッグ・アプ・リース、一七〇七年」と記されていた。

牧師が到着したので、二人は唖然とした表情をひっこめた。牧師はおじの話を身を乗り出すようにして聞くと、テーブルに広げられた地図とそっくりなものをポケットから取り出した。

「どうしてこういう地図を遭難者が持っていたのか、かねがね不思議でならなかったのです」牧師は言った。「これはきわめて貴重な印刷物です。私の知る限り、他にはウェールズ国立図書館にしかありません」

「それで、マドッグ・アプ・リースとは何者ですか？」ジャイルズがたずねた。

「隠遁者でした。山で暮らしていたんです。よろしければ庵《いおり》跡をご案内しましょう。彼は一七二〇年に亡くなりました。当時はクウム・キャドヴァンで鉛を採掘していたので、現在よりもはるかに大勢の人間が頻繁に峠を越えていたんです。マドッグ・アプ・リースは迷った旅人を見つけ、安全な場所まで案内するのを自分の使命だと考えていて、霧がかかると、いつも犬を連れて峠付近を歩き回っていた。彼は自腹を切って、今、われわれの目の前にある地図を印刷し、道に迷った旅人たちにあげていたんです。今でも彼の姿を山中で見かけるという地元の言い伝えもありますよ。でも、今日まで、私は真面目にとりあったことはありませんでした」

以上がおじの冒険譚だ。読者のみなさんも、これが特異な物語だということに賛同いただけると思う。悪霊が旅人を死に至らしめるという話は、あらゆる国のあらゆる時代の民話でよく見られるものだが、これは善意の隠遁者の幽霊という、まったく異なるカテゴリーに属する話だ。彼はかつて親切な行為をしていた場所に再び現れ、あくまで善意から、疑いもしない迷い人たちを意図せずに破滅へと送りこんでいたのだ。

聖書台

THE LECTERN

私は休暇中だった。この二週間というもの、のんびりと車で西をめざし、気の向くままに途中で車を停めては、古書店や骨董店を物色して過ごしていた。車の後部にはレディング、オックスフォード、チェルトナム、ヘレフォードを訪ねて蒐集した品々があふれんばかりに積まれていた。真鍮の記念碑を写した拓本がどっさりおさめられた大型紙挟みと旧式なプレートカメラの数々の写真は、バークシャーとグロスターシャーの教区教会で何時間も過ごしたことの何よりの戦果だ。ヘレフォードでは数日過ごし、地主屋敷でギャリック家ゆかりの品々を改めて眺め、見過ごされがちな教区教会内にある小さな鎖つき図書館〔本が本棚に鎖でつながれている図書館。中世から十八世紀に多く採用された方式〕を念入りに調べた。大聖堂にある膨大な鎖つき図書のコレクションにはとうてい及ばないが、私が費やした午後は充分に報われた。何枚か写真を撮り、また帰り道に寄るつもりで、プレートを現像してもらうように町の写真店に預けてきた。計画も立てず、予定もなかった。ロンドンに戻らねばならないときまで、まだ十日もあったので、地図とガイドブックをじっくりと眺めた――実にわくわくする作業だ。二つの選択肢の間で心が揺れた。ラドローとシュルーズベリーめざして北に行くべきか、西に向かってウェールズに入るべきか。しばし熟考した結果、後者を選んだ。ラドローについてはかなりよく知っていたので、新しい土地を開拓してみたかったのだ。ラントーニー修道院は訪問する価値があったし、ウェールズに住んだ作家ウォルター・サヴェージ・ランダーに関心を抱いている自分としては、ぜひとも訪ねてみたい土地だった。

上天気の九月の午後、昼食をすませてからようやくヘレフォードを出発した。車のルーフを開けて、ゆっくりと走り、キルペックでレイト・ノーマン教会を見物するためにセント・デヴローで幹線道路をはずれた。不思議なことにスカンディナヴィア人の外見をしている彫像は、凝った装飾がほどこされていた。すっかり心を奪われて見入っていたせいで、再び幹線道路に戻ったときはお茶の時間になっていた。あきらかに、その日の午後にラントーニー修道院を訪ねるのは無理だったので、その晩泊まる場所をそろそろ算段しなくてはならなかった。前方にはブラック山脈がそびえていたが、九月の暖かい日差しの中では威嚇的なところはみじんもない。直感のままに山の少し手前で折れ、ゴールデン渓谷に入った。地図でその名前に目が留まり、このあたりの黄金郷をぜひ探検してみたくなったのだ。なかなか美しい谷間だったが、名前負けしているように思えた。それでも十キロほど走ってから左側の脇道に入ると、その先にこう書かれた標識が現れた。「グレリン五・六キロ」

その道は曲がりくねりながら、どんどん上っていった。いくつかのコテージを通り過ぎたが、山に近づくにつれあたりはますます閑散として、荒涼たる風景が広がりはじめた。路面は次第に悪くなり、ついには砂利だらけの小道よりも少しましという程度になった。はたしてグレリンは存在するのだろうかと不安になりながら、低木の茂みを曲がりこむと、目の前に小さな集落が開けた。集落のある山のふもとの左手にある小さな谷間には、小川が流れていて小さな池をこしらえている。まちがいなく飲料用の池で、土地の名前はそこからとったのだろう〔ウェールズ語で湖、貯水池の意味〕。教会があり、どうやら牧師館らしい家もある。それに三軒のコテージと一軒の宿屋。川向こうの木立の間に何かの廃墟らしきものも見えた。

〈プランドル・アームズ〉はイギリスのどこにでも見かける、清潔で気取りのない田舎宿だった。鞄を置いたシングルの客室は明るく風通しがよかった。部屋は正面ポーチの上にあり、車で走ってきた小道を見晴らすことができた。もっと高い位置にある寝室の窓からは、小さな谷間の向こうに石造りの廃屋が見えた。小道をたどって粗末な木橋のかかる流れを渡れば、その廃屋のそばまで行けそうだ。階下に行き、客間でお茶を一杯飲むと、宿の主人の妻と夕食について相談した。親切な女性で、釣り立ての鱒を八時に出してくれることになった。窓からは菜園で作業をしている主人の姿がちらっと見えた。

まだ六時前だったので、私は外の空気を吸いに散歩に出た。第一の目的だった教会はかなり期待はずれだった。ノルマン式から初期英国式への過渡期における、禁欲的な様式の無個性で堅牢な建物で、前世紀半ばにかなり修復されていた。墓はこれ以上ないほどありきたりだった。ただ、一枚の銘板に目を引かれた。その時代は大半がごてごてした追悼文なのに、碑文が珍しく簡素だったせいだ。

T・P
一七九七年十月三十一日逝去　享年二十三歳
空の鳥がその声を伝え
翼あるものがその言葉を告げる
コヘレトの言葉　十章二十節

しかし、他に足を止めるようなものはほとんどなかった。私は小道を歩き続けて川を渡り、谷間の向こうにある、かつては屋敷の敷地だったらしい場所へとゆっくりと足を踏み入れた。土地は無残な有様だった。かつては豊かな牧草地だったにちがいないが、いまやアザミやサンザシだらけの荒れ放題の野原で、倒れたニレの巨木はそのまま朽ちかけ、あらゆるものが哀れにも枯れつつあった。小さな木立を抜けると、高い石塀が目の前に現れた。塀はひどく痛んでいて、ほんの数メートル右手に崩れている場所が見つかったので、石と瓦礫の山を乗り越えて中にもぐりこむと、正面に家が建っていた。

廃屋というのは胸が痛む光景だ。荒廃した城よりもはるかに。城は廃墟になることが予想できるし、城の中の人々の日常生活を想像するのはむずかしい。かたや、家には人間らしい営みがあふれている。

目の前の屋敷は、かつてりっぱな建物だったにちがいない。大きな二階建ての石造りで、大胆な階段式切り妻屋根になっている。いまや建物の骨組みしか残っていなかった。焼け落ち、屋根と二階はなくなってしまった。上の窓を見上げると、そこから空が見える。右手の幾何学式庭園にはかつてイチイの生け垣があったようだが、今は手入れされていない木々が伸び放題になっているばかりだ。庭園内には薔薇園の名残があったが、すべての薔薇はありふれた品種に戻ってしまい、枝のもつれたみっともない藪と化していた。雑草があたり一面に生い茂り、塀の上では蔦が繁殖し、火事を奇跡的に生き延びた大きな木蓮を窒息させかけている。石段を二段上がって、かつては玄関だったものから内部をのぞいた。中には屋根から落ちた真っ黒に焦げた梁と石の山ができていた。家の周囲を歩いてみると、東の端には小さな出窓があった。裏手に回って驚いた。母屋から数メートルほどしか離れていない場所に、小さな礼拝堂があったからだ。ただし、そこも火事を免れていなかった。戸口は屋根から落ちた煉瓦の山でふさがれていたので、ガラスのない窓からのぞいてみた。何も見るべきものはなかった。ここでも蔦が貪欲に巻きひげを伸ばし、あらゆるものを絞め殺そうとしている。壁に何枚か銘板がかかっていたが、ほぼ苔で覆われていた。その二枚にプランドルの名前をかろうじて読みとることができた。

そろそろ空腹になってきたので、腕時計をのぞいた。八時二十分前だ。急いで戻ることにした。小川への小道をたどりながら、屋敷の歴史について思いを巡らせた。あの屋敷は一六〇〇年頃に建てられたものだから、礼拝堂はそれよりも少し前に建立された可能性がある。食後に、そのあたりについて宿の主人に訊いてみよう。

だが、たずねてみたものの、主人はほとんど何も語ってくれなかった。そもそも寡黙な男だったが、私が廃屋を話題に出したとたん、さらに口数が少なくなったように思えた。あれはプランドルという一家のものだったんです、と主人は言った。百年以上前に焼け落ちたんです。それっきり、誰も地所を買わなかったし、土地を耕そうともしなかったんですよ。それだけ言うと、主人は口をつぐんでしまった。

夜は晴れて静かだった。寝る前に外でパイプを一服しようと考えた。ゆっくりと小道を川の方に歩いていき、小さな橋の欄干にしばらくの間すわっていた。木立越しに廃屋の輪郭がぼんやりと見分けられた。背後の山腹よりも、さらに黒々としている。

木立の間でフクロウが鳴いた。少なくとも私はフクロウだと思った。人間じみたその不気味な声に、背筋がかすかに寒くなった。なぜか教会の壁の碑文が頭をよぎった。それから苦笑いをした。この土地の陰鬱な雰囲気に感化されるとは。フクロウがまた鳴いた――今度はさっきよりも近かった。これまでに聞いたどんなフクロウの鳴き声ともちがっていた。ふいに背後で声がした。まちがいなく人の声で、私の名前を叫んでいる。振り返ると、小道のはずれに宿の主人の姿が見えた。片手に角灯を持ち、前後に振っている。もう一度私を呼んだ声は切迫し、妙に不安がにじんでいたので心配になった。私は返事をしてから、あわてて彼のところまで小道を戻っていった。申し上げたように主人は内気で無口な男だったが、私を見たとたん、その顔にほっとした表情がありありと浮かび、感情をあらわにした。

「あなたが出かけるのを見かけなかったものですから」と彼は言った。「あの家にまた行ったんじゃないかと思って、探しに来ました」

小さな橋にすわっていたのだ、と説明した。

「あの家に行ったとしたら問題でも？　行くべきではない理由でも何かあるのかな？」

「暗くなってからあそこに行く人間なんていませんよ」というのが答えだった。「あなたが小道を下っていった、と女房から聞いて、肝を冷やしました」

「だけど、なぜなんだ？」私は追及した。「あの場所には幽霊でも出るのかい？」彼が返事をしないので、質問を繰り返した。

「世の中には触れないでおく方がいいことがあるもんだ」ぶっきらぼうに決めつけると、以前の頑なな態度に戻ってしまった。「プランドル屋敷もしかり。自分に関係のないことを詮索したいなら、明日牧師さんに訊くといい。もしかしたら教えてくれるかもしれない。私の口から話すつもりはありませんよ。さて、よろしければ、そろそろ戸締まりをしたいんですが」

私は中に入り、彼は姿を消した。ベッドに入りながら、明日の朝早く牧師を訪ねてみようと決心した。

牧師館に着いたのは十時だった。明るい日差しの下だと、ゆうべの奇妙なできごとは非現実的に感じられた。メイドは私を書斎に案内すると、主人を探しに行った。習慣で、私は壁際の書棚を観察した。誰かの書斎をひと目見れば、これから会う相手がどういう人間なのか想像がつくものだ。しかし、ここの書斎はあまり手がかりを与えてくれなかった。おもに前世紀の神学の書物と、かなりの数の古典と翻訳書だった。あきらかに保守派の聖職者のようだ。そこまで推測を巡らしたとき、書斎の所有者が登場した。長身の年配の男で、頭がかなり禿げあがり、聖職者用のグレーのみすぼらしいスーツを着ていた。彼は握手をすると、椅子を勧めてから、問いかけるようにこちらを見た。

この話題をどういうふうに持ち出そうかと検討した結果、手の込んだ回りくどい説明は却下し、あくまで率直に話すことにした。そこで簡潔にゆうべの経験を語り、好奇心が募ったと打ち明けた。実は超自然現象に対して多少とも興味があるので、よかったらあの家の由来について話していただけないだろうか、と。

牧師は数秒ほど値踏みするように私を見つめていた。「いいでしょう、お話ししましょう。本気で聞きたいとお考えなら。村の誰かから探り出すよりも、私の口からお伝えした方がいいと思うからです。あの事件は地元の伝説になっていますが、たまたま、私は誰よりも事実をよく知っています。当時、曽祖父がここの牧師だったのです」

「プランドル一家は、昔からこの谷間に住んでいました」と彼は以下のように語りはじめた。「教区の記録には何度も何度も、その名前が出てきます。十六世紀には一家は繁栄し、プランドル・コートという屋敷を建てた。元々は勤勉な羊飼いだったが、その時期から紳士階級の端くれとみなされるようになった。世間とのつきあいはあまりなかった。ひとつには、息子たちがたくさんいて、金銭的に余裕がなかったからです。ときどきヘレフォードの高位聖職者や弁護士になる息子も一族から出たが、家長はグレリンで暮らし、地所を管理する暮らしに満足していました。地所は十八世紀にはさらに広大なものになっていたのです。

これから語るつもりのトーマス・プランドルは、先祖といささか異なるタイプの人間だった。

一七七四年に生まれ、オックスフォード大学で学んだが、これまでの一家の慣習からすると一大改革だった。息子たちはたいてい家庭教師をつけられるか、ヘレフォードの学校に通っていたのです。どこから見ても、トーマス・プランドルはかなり放埒な青年だったようだ。もっとも、当時は大半の若者がそんなものだったのでしょうな。大学時代にちょっと厄介なことになり、学位をとらずに戻ってきた。そのできごとのあと、父親は息子に厳しく目を光らせるようになり、トーマスは地所の仕事を手伝っていた。青年にとっては悪い暮らしではなかった。頻繁に狩りをして獲物を仕留めるという楽しみもありましたから。だが、トーマス・プランドルはそれでは満足できなかったのです。オックスフォードで垣間見た上流社会《ボウ・モンド》のせいで、グレリンのような田舎で郷士として暮らしていることになじめなかったのでしょう。トーマスは退屈で退屈でたまらなかった。軍隊に入りたかったが、跡取りだからと父親が許してくれなかったのです。

したがって、一七九三年にピット首相が国防兵を配備すると、トーマスのような若者がどんなに喜んだかはご想像がつくでしょう。国防兵は地元で組織された軍隊で、故郷を守る任務につくことになった。彼はただちに地元のボランティア騎馬隊の将校に任命され、地元の農夫の息子たちを有能な隊員に鍛え上げることに没頭するようになった。三年にわたって、彼らは訓練をし、大演習をおこなった。一七九七年、フランスの小部隊がフィッシュガードに上陸し、わずか数時間後に降伏すると、彼らは初めて勝利の興奮を味わった。トーマス・プランドルの隊はすぐに現地に到着できなかったので、戦いには参加できなかったが、ヘレフォードまで囚人を護送する任務を果たした。

翌月、彼らが海外に派遣されるという噂が流れ、プランドルは興奮で胸を高鳴らせた。ついに自分がフランス軍と戦うところが頭に浮かんだからです。実際にははるかに退屈な任務だった。軍はアイルランドのアルスターに派遣されたが、その一帯ではあちこちで暴動が起きていた。そんな折、バントリー湾にフランス軍が上陸してきた。ごく小規模の正規軍ではその状況に対応できず、カムデン卿は援軍を求めた。レイク大将が民兵とボランティア兵の混合部隊で到着し、その一帯の武装解除をすることになった。

プランドルとその隊にとっては、それはずっとあこがれてきたような華やかな任務ではなかった。思い描いていたように騎馬で突進していくのではなく、敵意に満ちた田舎で一軒一軒、武器がないか訪ね歩くという退屈きわまりない仕事だったのです。ゲリラ相手に戦っても栄光は存在しなかった。そもそも戦う敵がずらっと並んでいるわけではなく、歩哨が暗闇で狙撃され、襲撃者は逃げていくというけちな殺しばかりが起きた。当然報復がおこなわれ、状況は悪化の一途をたどった。兵士が一般市民を相手にすると非常に不利なのです。騎士道精神のある兵士なら、仕返しはするまいと高をくくって、一般人は思う存分にからかうことができる。だが武装していない人間が兵士に殺されると、たちまち大騒ぎになった。アイルランド人は市民暴動にかけては熟練していて、敵の未熟さを最大限に利用したのです。

こうした緊迫した状況で、嘆かわしいことにボランティア隊の規律がゆるんでしまった。なんといっても高度な訓練を受けた正規軍ではなく、素人の寄せ集めで、戦いに無関心な連中までが配備されていたのです。小隊は好き勝手に田舎をうろつき回って武器を探し、ちょっとでも抵抗されたりいさめられたりしようものなら、家を焼いた。兵士が酒を見つけると、酔っ払って乱暴狼藉をおこなった。トーマス・プランドルの隊も悪名を馳せた。彼は若く、とても激しやすかったし、規律を守る人間ではなかったのです。おまけに、彼も部下も酒が入るとさらに歯止めがきかなくなった。

彼らのやった数々の蛮行のうち、ある行為が、今に至るまで私たちに影響を及ぼしているのです。ある晩、彼らはニュリー近くの丘陵にある小さな村で、隠されている武器を捜索した。武器はひとつもなかったが、大量の密造ウィスキーが見つかった。それに続く村人の抵抗の最中に、隊員の一人が窓から撃たれて怪我をした。酔っ払った隊員たちが我に返ったときには、襲撃者は逃げてしまっていた。報復のため、村は地獄絵図となった。教会を含めて村の半分が焼かれた。怯えた村人たちは調度品を救おうと必死になった。そのとき、教会の中庭に放り出された礼服、祭壇の燭台、本の山の中で、小さな真鍮製の鷲の形をした聖書台にプランドルは目を留めた。酔っ払い特有の気まぐれから、彼はそれを拾い上げると、部隊の軽二輪馬車の中に放りこんだ。そして、捜索部隊といっしょに戦利品として運んでいったのです。

その後、まもなく彼らはその場を立ち去り、村人たちは火を消し、死者たちを埋葬した。部隊が丘陵から幹線道路に下ってくると、兵站部の荷馬車の列と出会った。隊長の軍曹はヘレフォード出身の男で、プランドルとも顔見知りだった。まだ酔いが醒めていないプランドルは聖書台を荷馬車に移し、友人の軍曹に半ギニーを渡して、それを家に送るように頼んだ。軍曹は務めをきちんと果たした。怪しげな不正規の手段で、それは軍の輸送部隊によってベルファストへ運ばれ、さらにアイルランド海峡〔現在のノース海峡〕を渡り、そこから運搬馬車でプランドル屋敷まで運ばれていった。屋敷の人々はいきなり届いた荷物に驚かされた。トーマス・プランドルはたまに家に書く手紙の中で、聖書台について何も触れていなかったからです。しかし、それは一族の礼拝堂に安置され、のちの説明を待つこととなりました。

トーマス・プランドルの軍人としてのキャリアはまもなく終わった。度重なる暴虐行為のせいで、アルスターを統括する軍の懲罰委員会の審問にかけられ、多くの士官ともども、きわめて無能で職務怠慢だという理由から有罪となった。そして三カ月もしないうちに、再び家に戻り、父親の監視下で退屈な日々をかこつようになったのです。

この話の結末は空想物語に思えるかもしれませんね。率直に申し上げて、私もどう考えたらいいのかわかりません。理性的に考えれば荒唐無稽なのでしょうが、曾祖父が口には出さずとも、それを信じていたことはまちがいありません。ちなみに曾祖父は信心深く敬虔で、暗愚とはほど遠い人間でした。

トーマス・プランドルが戻ってから数週間後、夜中に屋敷で騒ぎが起きました。未明に叫び声を聞いたと、のちに使用人たちは語っています。息子が朝食の席に現れず、部屋は空っぽだったので、人々は彼を探し始めた。遠くを探すまでもなかった。礼拝堂のドアが開いていて、中をのぞいた使用人は、青年が祭壇の階段のそばの石床で、恐ろしいことに聖書台の下敷きになって倒れているのを見つけたのです。すでに息絶えていて、何かの獣に襲われたかのようだった。とりわけ顔には無数の傷ができていた。屋敷内では人間に襲われたと考える者もいたし、野生の獣にちがいない、おそらく山猫か狼だろうと言う者もいた。ただし、ウェールズでは何百年もそういった話は聞いたことがなかった。ただちに呼ばれた牧師の曾祖父は、トーマス・プランドルが何によって殺されたのかをひと目で悟った。若いときに聖地パレスチナを訪れたことがあった曾祖父は、禿鷲が漁ったあとの死体を見たことがあったからです。

夜中に礼拝堂に行った動機はついに解明されなかった。一族はいつもグレリンの教会に通っていたので、めったにその礼拝堂は使われていなかったのです。トーマス・プランドルはそこに埋葬され、曾祖父によって小さな追悼の銘板が飾られた。

鷲形の聖書台は梱包されアイルランドに送り返された。しかし、とうとう向こうに着かなかったのです。その秋、海峡では嵐がいつになく猛威をふるい、アイルランドの郵便船はベルファスト沖で沈没してしまった。その頃から不運がプランドル家に降りかかるようになった。息子の死に憔悴して年老いた父親が亡くなり、それから何年もたたないうちに屋敷が焼け落ちた。いとこが地所を相続したが、一度も寄りつかず、大半の土地を売り払ってしまった。屋敷周辺の庭園にはとうとう借り手がつかなかった。田舎の人々は昔の記憶をずっと忘れないし、暗くなった後に屋敷近くで見聞きしたものについて、地元ではさまざまな話が伝えられているからです。私自身はそうしたものを目撃したことはありませんが、ここに来て二十五年というもの、暗くなってからあそこに足を向けたことは一度もありません。迷信深い愚かな老人だとお考えになるかもしれませんが、触らぬ神に祟りなしだと信じているのでね。というのも、どこかの土地が祟られるとしたら、プランドル屋敷ほどうってつけの場所は思いつかないからです」

出品番号七十九

NUMBER SEVENTY-NINE

「申し訳ございませんが、七十九番はお出しできません」

書店の若い助手はそう言いながら、すまして首を振った。私はがっくりと肩を落とした。ぐずぐずしていたわけではない。目録がほんの半時間前に朝食の席に届けられたので、コーヒーをひと息に飲み干すと、エジャートンの書店にまっすぐ飛んできたのだ。この古い書店はレッド・ライオン広場から路地を一本入ったところにあった。私が強く興味を惹かれた品は十七世紀半ばの写本で、降霊術という陰気な題材を扱ったものだった。目録の説明からすると、エリザベス王朝時代の占星術師ドクター・ジョン・ディーの失われた原稿の写本である可能性があるように思えた。だとしたら、十五ポンドの値段は決して高すぎるとは言えず、是が非でもその写本を手に入れようと心に決めていた。だから、失望したのだ。

「目録が発送される前に売れてしまったのかい？」私はたずねた。

青年はまた首を振った。

「注文を受けていても、まだ店にあるならちょっと見せてもらえないかな？」私は熱くなって食い下がった。助手は困っているようだった。

「残念ながらお出しできないんです」彼は繰り返すと、はぐらかすように言った。「それ以上は申し上げられなくて」そのとき顔に安堵の色が浮かんだ。

「ああ、エジャートン氏が参りました。直接、訊いていただいた方がいいですね」

私は振り返って、店のドアから入ってきた店主に挨拶した。

「七十九番の謎はどういうことなんだ？」目録を彼に向かって振った。「まだ売れていないんだろう。ちょっと見せてもらえないかな？　だいそれた要求じゃないよね、長年のよしみで頼むよ」

書店主のふだんは愛想のいい顔が曇り、答えるのをためらった。それからようやく重い口を開いた。

「二階の私の部屋に来てもらえるかな？」

彼といっしょに店の奥へ進み、そこにある小さな目録制作の部屋を通り抜けると、いっしょに階段を上がっていった。エジャートンの店は私のお気に入りだった。商売の大部分が法律書だったが、目録にはたいてい何かしら関心を惹くものが載っていて、十五年以上にわたって、私は多くの本をこの店から買っている。エジャートンとも個人的に親しい友人になっていた。大英博物館の閲覧室ではしょっちゅう顔を合わせた。参考図書が並んだ二階の部屋に入ると、彼は私に椅子を勧めた。

「きみの見たがっている写本は廃棄してしまったんだ」彼は言った。

「それは実に残念だ。なんて不運な事故なんだろう！」

「事故じゃない」びっくりするようなことを言いだした。「焼いたんだ――私自身の手で」

私は目を丸くして彼を見つめた。エジャートンはあきらかに動揺していて、その問題について語りたくない様子だったが、こういう商売人が十五ポンドもの価値がある本をなぜ燃やしたのか、私にはとうてい理解できなかった。

彼はなんらかの説明が必要だと気づいたようだったが、話すべきかどうか迷っていた。とうとう、折れた。

「事情を話すよ、聞きたければ。実を言うと、私よりも、むしろきみが得意とする分野なんだ」

彼は言葉を切り、私は期待をこめて先を待った。

「マートンは知っているだろう？」彼はまた口を開いた。

「ここの目録制作者だろう？　もちろん知ってるよ。何年も仕事を頼んでいるじゃないか」

マートンは稀覯本業界ではたまに見かける風変わりな人物だった。才能はあったが、これっぽっちも野心のない男だ。

「彼の過去をまだ話したことがなかったね。一九一三年にオックスフォードからこっちに来て、戦争に行き、そのあとでやっと落ち着いた生活をするようになったんだ。フランスでひどい戦争神経症にやられてね、一九一八年に除隊したときは精神を病んでいた。何かやることを見つける間、うちで一時的に仕事をするっていう約束で働くうちに、そのまま二十年たったんだ。実を言うと、あまりにも変人なので、お客の相手は一切させないようにしていた。だが、店の奥で目録作りをさせるとすばらしい仕事をしたんだ。うちの目録は非常に水準が高いと胸を張って言えるが、それもマートンのおかげだよ。もちろん彼はとても変わっている。ふだんから陰気だが、ときには何週間も鬱状態になってしまう。その期間は誰ともほとんど口をきかない。店ではつきあいやすい従業員とは言えないが、傑出した仕事ぶりが他の欠点を補ってきたんだ。

一年ほど前、ある朝店にやって来ると、結婚の約束をしたと報告したんだ。驚いたが、彼のために喜んだ。鬱状態や奇矯さを克服するために、結婚生活は役に立つだろうからね。温かく祝福し、昇給も承知した。婚約者を何度か店に連れて来て紹介してくれたが、まさに彼が必要としている妻に見えたよ。年の頃は二十五歳ぐらいで、とても利発で思いやりがあった。マートンは彼女に夢中で、まるで生まれ変わったかのようだった。あんなふうに人が変わる例は見たことがないよ。かつての内気で寡黙な世捨て人の面影は、もうどこにもなかった」

この話が私の手に入れたがっている本とどうつながるのかわからず、そわそわと椅子にすわり直した。エジャートンは私が口にこそ出さないものの、痺れを切らしているのを察したようで、こう続けた。

「関係のない話を延々としているわけじゃないよ。例の写本がこの話にどう関係してくるのか、すぐにわかる。しかし、まずマートンについて、もう少し説明しておく必要があるんだ。

四カ月前、婚約者が亡くなった。自動車事故でね。当然、どんな人間でもそういうことが起きれば、悲嘆に暮れるだろう。しかし、マートンの場合は常軌を逸していた。過去の鬱状態が百倍ぐらいになって、また襲ってきたんだ。頭を抱えて何時間も部屋にすわっていた。人生にまったく興味を失ったように見えた。私は本気で心配して、医者にかかるように説得しようとしたり、休暇をとって海辺でひと月ぐらい過ごしたらどうかと勧めたりもした。しかし、彼は聞き入れなかった。長年信頼してきた店の一員でなかったら、クビにすることも考えたはずだ。

そのとき交わした会話から、彼がいんちきな霊媒につけこまれ、降霊会に参加していることがわかった。降霊術についてどう思うかと訊かれたこともあった。ただ、彼の言葉の端々から、たいした慰めは得ていないようだった。もちろん霊媒は婚約者と話せるようになると約束したが、まだ接触はできていなかった。大の大人がそんなたわごとを真剣に信じているのを目の当たりにして、胸が痛んだよ。

マートンの精神状態がことのほか悪かった時期に、私はシュロップシアの個人蔵書を買いとった。ゆうべきみに送った目録にはその半分しか載せていない。本当はすべての蔵書を売るつもりだったんだが。マートンはそのうち三分の一ぐらいの目録しか作っていないと思う。残りは私がやった。店の見習いにはまだそういう仕事は任せられないからね。ちょっとまとまったオカルト本が出ていたことに気づいたと思うが、七十九番はそのうちの一冊だった。最近のマートンが関心を示したのはそういうたぐいの本だけだったんだよ。目録作りでは、価値に見合わないほど長い時間をそれらの本に費やしていたが、私は気にしなかった。彼がまた仕事をする気になってうれしかったし、これをきっかけに、これまでどおり成果が出せるようになればと期待していた。

一週間ほど前のある晩、マートンは閉店時間に私の部屋にやって来て、あの写本を十ポンドで買いたいと言いだした。蒐集家ではないので驚いたし、彼にそんな金がないのはわかっていた。私は断った。かなりそっけない口調だったと思う。彼が去ってしまうと、じっくりと写本を調べてみた。五芒星形《ごぼうせい》、ソロモンの秘法など、秘教の迷信めいた儀式がどっさり載っていた。しかし、本の大半を占めている降霊術についての記述は、このレベルのどんな写本でも見たことがないほど豊富だった。その中には、死者の霊を呼び覚ますために黒魔術師が用いる変則ラテン語のまじないや呪文も含まれていた。私は写本を金庫にしまうと、それっきり忘れてしまった。

おととい、昼食のときにマートンが金庫の鍵を貸してくれと言った。よくあることだったので、何も考えずに鍵を渡し、その理由をたずねることもしなかった。常に金庫には目録を作らねばならない上等な品物が入っていたから、そのうちのどれかに着手するつもりだろうと推測したんだ。

うちは六時に閉店だが、忙しいと、私はよく八時、九時まで店に残っている。見習いは六時ちょうどに帰るが、マートンはたいてい三十分ぐらいは残っていた。最後に帰るのはいつも私だった。その晩はあるドイツの装丁に使われている無名の紋章について調べようと夢中になっていたが、とうていリーツタップ〔オランダの有名な紋章学者〕のようにはなれないと感じたよ。七時半過ぎになり、マートンはとっくに帰宅しただろうと思っていたものの、いつものようにドアが閉まる音は聞いていなかった。外は真っ暗になっていた。ふいに階下から悲鳴が聞こえた。マートンの声だった。あれほどの恐怖がこもった悲鳴を聞いたのは後にも先にもない。まさに恐怖そのものを表す声だった。あわててドアを開け、手すり越しに階段の下を見下ろした。明かりのスイッチは階段の下にあり、明かりは消えていた。彼が自分の部屋のドアを引っ張ろうとしている音が聞こえ、見ているとドアが勢いよく開いた。彼の部屋は真っ暗だったので、それから起きたことはぼんやりとしか見えなかった。私の背後の開いたドアからもれる光は、階段の半ばぐらいまでしか届いていなかったんだ。マートンは店から飛び出していったらしく、入り口ドアのベルが鳴る音がした。彼に呼びかけようとしたとき、何かが彼の部屋から出てくるのに気づいた。ただ、それを自分の目で見たとは断言できないんだ。戸口から影のような姿が現れた気がしたが、灰色をしていたという漠然とした印象以外には説明することができない。しかし、背筋が凍りついたのは目にしたもののせいではなかった。臭いのせいだ。人生で一度だけ、四十年前に嗅いだことのある臭い。少年時代、村の教会墓地で死体が発掘されたとき、好奇心旺盛だった私は墓石の間から墓掘り人が棺を取り出すのをこっそりのぞいていた。村の警官に見つかったので、一瞬しか見えなかったし、拳骨で頭を殴られたので猛烈に痛かった。それでも、臭いは嗅ぎとれた。おとといの晩、階段の下から漂ってきたのは、まさにその臭いだった。腐敗が進んだ湿っぽくて胸の悪くなるような悪臭。嫌悪のあまり気を失いそうになった。すぐに部屋に戻るとドアを閉めた。しばらく呆然とすわっていたが、マートンはどうしただろうと心配になってきた。勇気を振り絞って、階下に行った。店には誰もおらず、店のドアはまだ開いていた。外に出ると、横町をホルボーンの方へ小走りに進んでいった。歩きながら、どこもかしこもなんて静かなのだろう、と考えていた。ホルボーンに出ると、その理由がわかった。通行止めになり、道の真ん中でうつぶせに倒れた姿を人垣が取り囲んでいた。人をかきわけて進んでいくと、マートンだった。バスに向かってまっすぐ飛びこんでいったのだ、と警官が教えてくれた。即死だった。

店に戻ったとき、どんなに私が怯えていたか、想像がつくだろう。マートンの部屋に行くと、机の上にあのいまいましい写本が置かれていた。開いた箇所と彼のメモから、哀れな男はそこに記されていた呪文を試していたにちがいなかった。そして彼が恐怖に我を忘れるようなことが起きたのだが、あの精神状態だったら不思議ではないだろう。不可思議なテレパシーで、彼の怯えが私にも伝わったのだと思う。少なくとも階段の下で見た気がするもの、あれの正体を信じるよりは、そう考えたい。ともあれ、万一を考えて、家に帰る前に写本とマートンのメモをすべて焼き捨てた。きみをがっかりさせて申し訳ないが、そういう事情なのだ。それに、これまでオカルト本は儲かる副業だと考えていたが、今後はその分野の商《あきな》いは遠慮しておこうと考えている」

悪魔の筆跡

THE DEVIL'S AUTOGRAPH

「ほら、珍しいだろう」私は最近手に入れた本を見せた。「こういうやつは見たことがないんじゃないかな。これは悪魔の肉筆なんだ」

私はその本をテーブルに置きながら笑みを浮かべたが、相手は笑い返そうともしなかった。彼は興味をあらわにして、やけに真剣にそれを凝視している。本を開きながら、私はかすかないらだちを覚えた。食後のちょっとしたジョークは成功とは言えないようだ。ブレンキンソップのことは以前から退屈な堅物だと考えていた。だのに、どういう風の吹き回しか、家に招いてしまったのだ。それでも、最近買った本について、とくとくとして彼に語った。実際、それは興味深い本だった。ただし、一見しただけではそうとわからない。

『カルデア語への入門《イントロデュクチオ イン カルダイカム リングアム》』と無味乾燥なタイトルがついた一五三九年に出版された本で、あまりわくわくする本には思えないが、最後にこういうタイトルのおもしろい補遺がついているのだ。「スポレトのルドヴィキがそう呼ぶように命じた、あるいは一般にそう呼ばれている、《ルドヴィキ スポレタニ プレケプタ シヴェ ウト ヴルゴ ディキトゥル コンジュラティオ》

悪魔の答え《スブスクリプタ》という副題《デモニス》がついた陰謀《レスポンシオネ》」そこには、あるイタリア人が悪魔を「タリオン、アンシオン、アムリオン」の名前を唱えて呼び出し、自分がすべてを相続するのかどうか、いかにして教えてもらったかが記されていた。その俗物的な問いを書いたとたん、見えない手によってペンが彼の手からひったくられ、すごい速さで答えが書かれたのだという。どうしても判読できなかったその文章は、本の二一二ページに記されていた。筆跡は金釘流で、熊手や三つ叉みたいな形の文字がたくさん混じっている。知り合いの言語学者は古代イベリア語に多くの類似点があると言った。こうしたことをブレンキンソップに説明している間、彼は無言で耳を傾けていた。最後に彼は意見を口にしたが、それはひどく馬鹿げた言葉に思えた。彼はしげしげとその文字を見てから、こうつぶやいたのだ。

「これは本物かな」

彼はあくまで真面目な様子だったが、白状すると、私は思わず噴きだした。

「もちろん本物じゃないよ。悪魔は紙切れに自筆したりしないからね。十六世紀の古典文学研究家が、信じやすい読者に仕掛けた滑稽ないたずらだよ」

ブレンキンソップは突き刺すような視線を向けてきた。

「そんなに自信満々にならないことだ。悪魔がこれを書いたと言うつもりはないが、それがありえないことじゃないと、私はたまたま知っているんだよ」

私はおもしろい逸話の匂いを嗅ぎつけた。「なぜそんなにはっきり言えるんだ？」

「子供のときの経験からだ。よかったら話すよ。ただし、話し終えたときにきみの意見は求めないし、それについて語り合いたくもない。そのできごとについてはすでに自分なりに判断を下したのでね。実際、私は事実を知っている唯一の人間なんだ。その条件でもよければ話を聞かせるが？」

私はすぐに承知し、ブレンキンソップはパイプに火をつけ直してから語りはじめた。

これから話すできごとは一八八九年に起きた。私が十三歳だったときだ。その年、医師だった父が亡くなって、私は家を失ったばかりか、ほとんど無一文になった。母は十年以上前に亡くなっていた。その結果、西部地方にいる伯父と暮らすことになった。伯父は父の兄で、ディムチェスターの司教座聖堂参事会員〔司教座を管轄する団体に所属する聖職者〕をしていた。私の知る限り、伯父と父の関係は親密とはほど遠かったようだ。ともあれ、それまで一度も伯父とは会ったことがなかったので、新しい家に着いたとき、十三歳の孤児がどれほど不安に苛まれていたか、ご想像がつくだろう。伯父は独身者で、父よりもかなり年上だった。七十五歳を超えていたにちがいない。数年前に起こした卒中のせいで足が不自由で、二本の杖を使って苦労しながら歩いていた。長年、従僕と二人きりで暮らしてきたので、家の中に少年がやって来るのは控えめに言っても歓迎されなかったと思う。それでも、私を親切に迎えてくれ、その晩、将来について伯父から話があった。父が生きていたら、私はその秋にラグビー校に入学する予定だった。しかし、状況が変わったのでそれはかなえられず、伯父は私を自分自身で教育し、そのうえで四年後にオックスフォード大学の奨学金を申請させるつもりでいた。必要に迫られて、私は伯父の計画を受け入れた。

すぐに新しい環境に慣れた。その家はおそらく初期ジョージ王朝様式で、間近に大聖堂が望め、木々が窓のすぐそばまで迫っているせいでとても暗かったが、部屋は広々として上等な家具が置かれていた。二階の伯父の寝室の隣に自室を与えられ、書斎は自由に出入りしていいことになった。書斎は一階でいちばん大きな部屋で、床から天井まで、仔牛革、仔山羊革、ロシア革などの装丁の本がぎっしり並んでいた。それらは原始教会の神父や論客たちに熟読されてきた本で、まさに学者の蔵書だった。陰気な部屋もどっしりしたマホガニーの家具も、年老いた司教座聖堂参事会員とその中年の使用人も、十代の活発な少年の好みではなかったが、えり好みをすることはできないとわかっていた。それに、老人が私を引き取ることで、自分のプライバシーを多少とも犠牲にしたことには気づいていた。

そんなわけで、彼の指導でラテン語とギリシア語を勉強したあとは、メンディプスを一人で長い時間歩き回るのが気晴らしになった。まもなく伯父はいわゆる隠遁者だと知った。今ではもう礼拝をおこなっていなかったし、大聖堂の活動にも関わっていなかった。それどころか卒中を起こしてからというもの、まったく家から出ていなくて、小さな町の社交生活とは無縁だった。既婚で子供のいる聖職者が私を家に招いてくれたが、まもなく伯父がそういう訪問を苦々しく思っていることがわかった。表だって禁じることはなかったが、あきらかに行かせるのを渋ったので、老人を不機嫌にさせないように、そうした招待を断らざるをえなかった。そして、誰にも頼らずにやっていくしかないと腹をくくった。自分が町の好奇心と哀れみの対象になっていることは察せられたが、私は独立独歩の子供だったので気にしなかった。実際、普通の少年のような友情や楽しみがなくても、日々暮らしていける自分の能力に、ひねくれたプライドすら抱いていた。

伯父は長身痩軀で、髪は白く、流行《はやり》の長い頰髯を生やしていた。少年にとっては楽しい話し相手ではなかったが、伯父は辛抱強く私に接し、古典をていねいに手ほどきしてくれた。しかし、伯父の生活にはそこはかとない鬱屈が常に漂っていて、ときおり、ひどくふさぎこむことがあった。勉強している最中にも、文の途中で急に黙りこみ、深い悲しみをたたえた顔で宙を見つめることもあった。ほどなく、ある発見をして私は驚いた。伯父は死の恐怖に怯えていたのだ。それは一般人なら珍しいことではないだろうが、そういうものを冷静に甘受するはずの聖職者の場合、かなり意外に感じられた（ちなみに医師の父は、暗い物思いにふけりがちの伯父とは対照的な健全な考えの持ち主だった）。町で葬儀があり、聖堂の塔で弔いの鐘が鳴らされるたびに、伯父は書斎の窓辺に立ち、葬列が大聖堂の中庭を通過していくのを眺めていた。「もうじき、わしの番になるだろう――いつか呼ばれるはずだ」棺が通り過ぎるのを見ながら、よくそう口にしたものだ。しかも、常にこんなふうに婉曲な表現をした。死ぬとは言わず、呼ばれるとか、迎えに来るとか。そのあとは必ず、しばし重苦しい沈黙が続いた。

従僕のトムソンと友好的な関係を築こうと努力したが、うまくいかなかった。彼はこれまで会ったこともないほど寡黙な男で、幽霊のように屋敷内を歩き回って仕事をこなしていた。屋敷に着いた週、彼を会話にひきこもうと何度も試したが、どんな話題をふっても、まったく反応しなかった。毎週日曜日、彼は大聖堂の朝課に連れていってくれた。その帰り道に子供っぽい好奇心がむくむくと頭をもたげ、伯父がいつもふさいでいる理由を知っているか、とたずねると、詮索を厳しくたしなめるような答えが返ってきた。

「ご主人さまのことをあなたと話すつもりはございません」けんもほろろに答えると、不機嫌につけ加えた。「世の中には口に出さない方がいいことがあるのです。いい子にして、ご主人さまが用意してくださった家に感謝し、自分に関係のないことで頭を悩まさないようになさい」

それっきり、私たちの関係はきわめてよそよそしいものになった。

振り返ってみると、他にも伯父の会話には奇妙なところがあった。もちろん、小さかった私は妙だと思う以上に恐怖を覚えた。日曜ごとに、伯父は聖書を教えてくれたが、伯父の聖書の解釈は非常に単純明快で、悪魔や地獄の苦しみは具体的な存在のようだった。彼は善と悪の間の戦いは肉体的な戦いでもあると考えていて、それは十九世紀の考え方よりも、中世のそれにはるかに近かった。悪魔の奸計には用心するように、と伯父は重々しい口調で私に警告した。悪魔はすぐそばに潜んで誘惑する機会を狙っている、そして、おまえの不滅の魂を支配しようとしているのだ、と。伯父はその話題を熱をこめて真剣にしゃべった、まるで自分自身の経験を語っているかのように。まちがいなく何度か、伯父はもう少しで何かを打ち明けそうになったが、いつも言葉をいきなり切ると、むっつりと黙りこんでしまった。彼の気分の落ち込みは私にも伝染したが、長くは続かなかった。子供らしいのびのびした精神がすぐさま頭をもたげ、用心も忘れてメンディプスの川や洞窟を探検した。

この話には、さらにふたつの興味深いできごとが関わっていると思う。最初のできごとはきわめてありふれたことだった。私たちは書斎で大聖堂のオルガニストについて話していた。私は窓の外をのぞいていたが、そのとき話題の当人が中庭を横切っていくのを見て、まったくたわいのない諺を口にした。毎日、何百回となく使われているはずの慣用句だ。「悪魔の噂をすれば、悪魔が現れる」伯父は仰天するような反応を示した。それまで一度も聞いたことがないような鋭い口調で窓辺の私を呼び寄せ、椅子に背筋を伸ばしてすわると、言葉を発しないまま、しばらく私を見つめた。顔はひどく青ざめ、なにか激しい感情と闘っているかのようだった。しかし、口を開いたとき、その声は低く、まるでささやくようだった。

「その表現は二度と使ってはいけない。おまえが口にした名前は、慣用句の中でみだりに使うようなものではないんだ」謝罪したものの、伯父がそんなことを重大視している理由はさっぱりわからなかった。些細なことに思えたからだ。「けっこう」伯父は言った。「この話はこれっきりにしよう。おまえが知らずに使ったことはわかっているからな」伯父はその問題について二度と言及しなかった。

二度目のできごとは前よりもずっと大きな印象を残した。私は夜、伯父に朗読をすることがあった。早熟な子供だったので、淡々と上手に読むことができ、伯父はそれが気に入っていたのだと思う。いつも目を半眼にして、イギリスの詩の一節を読む私の声に聞き入っていた。テニスンがいちばんのお気に入りで、「国王牧歌」は三、四度は通読しただろう。そんなある日、町の本屋で詩のアンソロジーを買ったので、次に朗読を頼まれるとそれを持っていき、適当にページを開いた。たまたま選んだ詩はマーロウの「フォースタス博士」の一節だった。私は朗読をはじめた。

この顔か、千艘もの船を浮かべ、
イリオスの見上げるように高い塔を焼いたのは

そのとたん、本が手からひったくられ、床に投げつけられた。伯父はよろけながら立ち上がった。その目は怒りでぎらついていた。私はすくみあがった。「この本をどこで手に入れた？」伯父は怒鳴りつけた。「誰がこの詩をわしに読めと言った？」

「誰にも言われてません」しどろもどろに答えた。「町で買ったんです」伯父は本を火の中に投げこみ、私はそれが燃えていくのをみじめな気持ちで眺めていた。それから、伯父はどさっと椅子にもたれると、ひとりごとのようにつぶやいた。「フォースタス博士、フォースタス博士」それから、私に視線を向けた。「心配するな、おまえは自分が何をしているのか知らなかったんだ。わしに思い出させるきっかけになったにすぎん」彼は乾いた笑い声を上げ、繰り返した。「わしに思い出させるか――やれやれ！　思い出させる必要なんてないのに」

彼はゆっくりと立ち上がり、寝室に向かったので、私も自室にひきとった。伯父が足をひきずって行ったり来たりしながら、ひとりごとを言っているのが聞こえてきた。壁に耳をくっつけて何を言っているのか聞きとろうとしたが、はっきりわからなかった。とうとう伯父がベッドに横たわり、スプリングがきしむ音がした――それから背筋が凍るような音が聞こえてきた。

老人はすすり泣いていたのだ。壁越しに聞こえてくるくぐもった嗚咽の声に、私は怯えた。それまで大人が泣くのを聞いたことがなかったのだ。私にはとうてい理解できない事件だった。

翌日、伯父はまたすっかりいつもどおりになり、前夜のできごとをほのめかすことも一切なく、再び退屈な日常が始まった。

最初に伯父が没頭していることについて話しておくべきだったかもしれない。伯父は本を書いていたのだ。聖書のパウロ書簡についての考察で、何年も前から取り組んでいると話していた。その仕事に伯父は大きな喜びを覚えていて、鬱々とした気分を多少とも晴らしてくれる存在にもなっていた。伯父は心からその仕事を愛していたにちがいない。今でも初期の注釈者の大きな二つ折り本のページにかがみこみ、フールスキャップ紙に羽根ペンで几帳面にメモをとっていた姿が目に浮かぶ。「自分が呼ばれる」前に、この仕事が完成するといいのだが、というのが口癖だった。同時に、そう口にしながら、表情を曇らせ、深いため息をつくのだった。

こうしてひなびた教会の家に一年ほど暮らした。高望みをしない質《たち》なので、必ずしも不幸ではなかった。ただし、伯父といっしょにいると、落ち着かなくなることがしばしばあった。

一八九〇年二月、この平穏な暮らしがいきなり侵害された。冬の午後で、空は雪雲で暗くなっていた。中庭の木々の上をミヤマガラスが弧を描いて飛んでいて、まだ四時にもなっていないというのに黄昏が忍び寄ってきた。伯父と書斎でホーマーを読んでいて、ちょうど伯父が一節を引用しているところだった。ふいに伯父が文の途中で言葉を切った。顔を上げると、伯父は窓の外の暗くなりつつある中庭に視線をすえていた。様子がおかしかった。顔が灰色になっている。伯父が片手を私の肩に置いたので、指がうなじに触れた。その指は氷のように冷たかった。もう一方の手で、伯父は深まっていく黄昏の方を指さした。「見るがいい。彼が来た――とうとう、わしを迎えに来たのだ。彼が見えないか？」私は木立の間を透かし見た。薄闇の中を誰かが歩いてくるような気がしたが、はっきり見えなかった。伯父はさっとカーテンを閉め、火をおこした。冷静さをとり戻したようだった。背筋をぐいっと伸ばし、頬には血色が戻っていた。ベルを鳴らしてお茶を運ばせ、私たちは無言で食事をした。食べ終えたとたん、伯父はお気に入りの仕事にとりかかった。それはこの一年でかなり進み、今はコロサイの信徒への手紙まで来ていた。

その晩、私が自室に上がろうとすると、伯父は私の手を両手で握りしめて言った。「神の祝福を、わが子よ。そして、わしが若い頃に犯したような愚行から、神よ、この子をお守りください。その愚行にわしは生涯苦しめられ、まもなくそれを贖うことになるだろう。わしのように、おまえは悪魔と取引をする誘惑に負けないように。何年もの間、わしはこの日を待ち続けてきた。だが、ついにその日が来て、期待と不安の日々が終わる。罰は永遠ではないと考えると、勇気づけられるよ。神のお慈悲は無限だからだ」

私は何か言おうとしたが、伯父はやさしくそれを遮った。最後に目にしたのは、再びフールスキャップ紙にかがみこみ、長年慰めとなってくれた仕事に取り組んでいる伯父の姿だった。

ベッドに入り、眠れぬまま、いましがたの奇妙な言葉を反芻していたが、その意味するところは少年ではとうてい理解できないものだった。伯父が階段を上がってくる足音に耳を澄ませていたが、眠りに落ちるまで二階に上がってくる様子はなかった。

翌朝、何かを予感しながら目覚め、忍び足で伯父の部屋まで行くと、そっとドアを開いた。伯父の姿はなく、ベッドで寝た形跡はなかった。急いで書斎に行き、カーテンを開けた。部屋は空っぽだった。あわててトムソンを起こし、いっしょに古い屋敷内のありとあらゆる場所を探した。何年も外に出たことのない足の悪い伯父は、どこにもいなかった。従僕はいつも以上に口が重かった。近所で聞いてくるとそっけなく言い捨て、私を一人にして去っていった。午前の半ばに助祭長の妻がやって来て自宅に連れていってくれ、私はそこで惨めな一日を過ごした。昼頃に、伯父が真夜中に町を歩いているのが目撃された、という情報が入ってきた。しかも、杖なしで。少なくとも目撃者の警官は教座聖堂参事会員だと考えたが、老人は足が不自由だということを知っていたので、そんな馬鹿なと考え直したそうだ。夜の七時に、助祭長の妻から伯父が事故で命を落とした、と告げられて、緊張と不安に決着がつけられた。のちに伯父の死体は山腹の石切場で発見されたと聞いたが、足の悪い男がどうやって険しい斜面をよじ登れたのかは誰にもわからなかった。

その事件が小さな町に引き起こした騒ぎは想像がつくだろうね。将来が決まるまでうちにいたらどうだ、と助祭長が言ってくれたので、ありがたくその申し出を受け入れた。古い屋敷に服や所持品をとりに行ったときに、もう一度、わずか二十四時間前に亡き監護者の姿を見た書斎に入ってみた。デスクには伯父が書いていたフールスキャップ紙が広げられたままだった。それを見たとき、あるものに目が留まった。伯父の几帳面なきちんとした筆跡の下に、彼の筆跡とはまるでちがう、太くて読みづらい筆跡で文章がつけ加えられていたのだ。赤いインクで書かれていた。ともあれ、そのときはそう考えたものの、のちになって別の可能性が思い浮かんだが。そこに書き記された言葉を読んだが、数年たつまで完全な意味ははっきり理解できなかった。伯父はコロサイの信徒への手紙一章十三節「御父は、私たちを闇の力から救い出して、その愛する御子の支配下に移してくださいました」に注釈をつけているところだったが、彼の注の下に、冒瀆的な文章が書き加えられていたのだった。

彼は、私たちを愛する御子の国から救い出して
悪魔の支配下に移してくださいました

解説　怪奇小説の正統を目ざした文献学者

紀田順一郎

　ヨーロッパで最も古い遺跡や建造物が遺されているのはイギリスであろう。なにしろ城だけでも六百前後、砦や要塞、地方の城館などを含めると五千以上に達するという。このような古建築は数多くの伝承や伝説を生み出し、由緒ある遺物が歴史家や好古家の関心を促し、さらには作家の想像力をいたく刺激する結果をもたらした。たとえば十八世紀のウォルポール『オトラント城綺譚』を始祖とするゴシック文学は、怪奇小説の源流となった。本書の著者アラン・ノエル・ラティマ・マンビー（Alan Noel Latimer Munby 一九一三〜一九七四）も、このような英国怪奇小説の本流に属する作家の一人であるが、執筆年代の古い割には紹介が散発的で、真価を問うに十分ではなかった。

　マンビーは一九一三年のクリスマスの当日、ロンドンでも文人の多く住むハムステッド地区に、建築家の息子として生まれた。少年時代から古い書物に関心を持っていたことは作品からも窺われるが、やがてブリストルの小中高一貫のクリフトン校を経てケンブリッジ大学へと進学しても、好古的な興味は募るばかりで、専攻の古典文学に集中することができず、卒業後はバーナード・コーリッチへ、ついでサザビーズなどの大手古書店で仕事をしていた。日本でも古書肆「弘文荘」の反町茂雄（一九〇一〜一九九一）が若き日に神田神保町の老舗の番頭となり、〈東大出の古本屋〉と話題になったことと軌を一にしている。

もしかしたらマンビーは古書店を経営したかったのかもしれないが、それを阻んだのは戦争だった。

マンビー肖像

一九三六年、彼は陸軍銃砲隊に編入され、フランス戦線へと派遣されたが、ダンケルクでドイツ軍に包囲され、辛うじて生き残ったものの、捕虜となってバイエルン州はアイヒシュテット近郊の捕虜収容所に投じられてしまった。

幸い、そこでの生活は過酷なものではなかったようで、読書の時間に恵まれ、退屈しのぎに怪奇小説の執筆に熱中した結果、「トプリー屋敷の競売」「四柱式ベッド」「白い袋」の三篇を『タッチストーン』（試金石）という収容所の雑誌に寄稿した。地元の教会の司教マイケル・ラックルという人物が小規模な印刷所を所有しているのも幸いした。収容所に最小限の文化が存在した例は、日本でも第一次大戦中、徳島県の板東俘虜収容所でドイツ軍の捕虜が『バラッケ』という充実した雑誌を刊行したことが知られている。

収容所の退屈しのぎの対象として、何よりも怪奇小説を選んだ理由は、ケンブリッジ時代に元副総長のM・R・ジェイムズ（一八六二～一九三六）の作品に接する機会が多かったからであろう。いうまでもなく、マッケン、ブラックウッドと並ぶ英国怪奇小説界の三巨匠の一人である。ジェイムズの第一短篇集『好古家の怪談集』が出たのが一九〇四年であるから、マンビーは少年時代から作品に親しみ、敬愛の念を抱いていたことは疑いない。やがて自分も書いてみたい、いや書けると思うようになったのだろう。雑誌に掲載された最初の三作は素人離れして好評だった。執筆は戦後も続けて、一九四九年にM・R・ジェイムズへの献辞を付した本書『アラバスターの手』（*The Alabaster Hand and Other Ghost Stories*）を刊行した。

『アラバスターの手』原書初版（1949）

ヘンリー・エドリッジ作「聖メアリー・レドクリフ教会付近の図」

以下、収録された十四篇には、師匠とは異なる独自性を打ち出そうと模索した跡が見られるのは興味深い。

「甦ったヘロデ王」

読者がもし古書店めぐりが好きなら、偶々さびれた古本屋に迷い込んだところ、薄暗い店内に黒っぽい本ばかりが積み上げられ、奥のほうから店番がじっとこちらを窺っているというような、不気味な経験をしたことがないだろうか。古本好きの少年だったマンビーは、ブリストルの高校に学んでいた時代にも、校則を犯してまで貧しい人々の住む地域の古本屋を歩き回っていた。その一軒で邪悪な人物に誘拐されかけたというところで怪談となるわけだが、幼児虐殺で有名なヘロデ王やジル・ド・レを重ね合わせた構想が、キリスト教文化圏の読者には想像以上の感銘を与えるのは確かである。

聖メアリー・レドクリフ教会付近の中庭（たまり場）は、十五世紀のヘンリー・エドリッジ

(Henry Edridge)という画家がリアルに描き出している。壮大な教会を背景にしたスラム地区には二階がせり出した家屋がひしめき、その一軒が古本屋となっている。

作中の文献もほとんど実在のもので、ロバート・フラッドの『悪魔劇場』(一五七五)などは、ネット上で古怪な本文を見ることができる。スコット(名はレジナルド)の『魔術の暴露』(一五八四)は「悪魔の力の衰退」という論考(菊地英里香)が筑波大学の紀要に掲載されている。C・ダヴェンポートの『英国の紋章入り装幀』は未見だが、同じ著者の『英国王室が製造した美装本の書誌学的研究』(一八九六)が、ある洋古書店の目録に見られる。

「碑文」

西洋の庭には装飾用のフォリーがつきものだが、寺院(祈禱所)を、しかも足場のわるい島(築山)に設けたというのは、なるほど不自然だ。先祖の遺産に手を触れた者が祟られるというテーマは、直接描写を避けて文献の間接的な記述に頼るという手法とともに、ジェイムズの『ハンフリーズ氏とその遺産』その他に繰り返し用いられている。最後の「石を切り出す者は石に傷つき、云々」の出典は、《聖書》の伝道の書、コヘレトの言葉。

「アラバスターの手」

アラバスター（雪花石膏）は純白の石膏で、一般に建築物の装飾に用いられるが、教会では聖者の彫像に多用され、神秘とともに畏怖を感じさせる。ジェイムズにもこのような教会内の彫像をめぐる怪異を描く「バーチェスター聖堂の大助祭席」という作品がある。

小説の背景は、十一世紀フランスにケルンのブルーノが創始したカトリック教会に属するカルトジオ会である。禁欲的な修道生活を追求し、人跡稀なシャルトリューズ山系の標高一千メートルの地に教会を建てた。十六世紀の宗教改革の時代には国王の弾圧を受け、多くの殉教者を出した。

「トプリー屋敷の競売」

地方の由緒あるお屋敷の相続人が、父祖の遺産をごっそりオークションにかけようという話で、収容所内での執筆のせいか、内容はあっさりしているが、この種の競売が日常的に行われていたであろう戦前の骨董品業界の雰囲気が興味深い。

「チューダー様式の煙突」

舞台は古城のひしめくオックスフォードシャーのワンテージ、ランボーン地区で、ある金持ちがこの地域の古屋敷を入手し、徹底的に改修を施すという話だが、ありふれた作業の中に徐々に怪異現象を露出させる呼吸は、よくぞ師のジェイムズの手法を模倣したといえるほどで、まずは賛辞を贈らなければなるまい。

「クリスマスのゲーム」

戦前の中流家庭における和気藹々たるクリスマス・イヴの団らんが、ノスタルジックに描かれているうちに、いきなり忌まわしい現象が発生する。ジェイムズにこのような趣向の作品がないのは、生涯独身だったためである。ちなみにマンビーは二度結婚したが、最初の妻とは結婚直後に出征という憂き目に遭い、戦後帰国したときに待っていたのはその訃報だったという。

「白い袋」

スコットランドのスカイ島は、険しい山岳地形を中心に、古代の城趾や歴史上の遺品に富む魅力的な地帯だが、マンビーがこの一帯に何遍も出かけていることは、自然描写が実にリアルで、時にはドキュメンタリー的な熱気がこもっていることからも想像し得る。探索を終えた帰路で道に迷い、白い霧状の妖怪に追いかけられる悪夢のような体験が、本篇の骨子である。怪談としてはひねりが不足しているようだが、むしろ不気味な自然環境を描くことが作者の狙いだったと考えるべきだろう。白いものに追跡される恐怖自体は、ジェイムズの名作「笛吹かば現れん」からヒントを得ているにちがいない。

ジョン・フランシス・キャンベル（一八二一～一八八五）は明治期にお雇い外国人として来日したスコットランド政府の実務家だが、『西ハイランドの民話』（一八六二）などでゲール文化紹介にも尽力した。

「四柱式ベッド」

四柱式ベッドとはいうまでもなく四本の高い柱に天蓋やカーテンを掛けたベッドである。作中の請求書に記されたベッドの値段は一六ポンド一五シリングだが、これには産業革命後の物価高騰が反映されていると思われ、かりに現代日本の物価に直すと百万円以上となる。マンビーの収容所時代の作品だが、いまだアマチュア臭の抜けきらないところがある。

「黒人の顔」

ジャイルズ・ハッシー（一七一〇～一七八八）は十八世紀に実在した画家である。その作品に黒人の頭部を描いたものがあるというのはフィクションだが、調査の結果、埋もれた文書の中に、古風な文体で記された犯人の告白書が発見されるという趣向。作者の史観とともに人種的偏見への姿勢が反映されている点は、ジェイムズに見られない特色である。

「トレガネット時禱書」

時禱書は教会の一般信者向けのマニュアル兼啓蒙書であり、極彩色の細密画が含まれているので、アンティークとして人気が高い。その一部が差し替えられているのを知った収集家が調査に乗り出し、凄惨な真相にたどりつく。クラークソンという贋作画家は架空の存在だが、イギリスには多数のクラークソン姓の美術関係者が存在する。

「霧の中の邂逅」

スノードン山は標高一、〇八〇メートルのウェールズ最高の山で、ロッククライミングの名所でもあり、頂上付近までは登山鉄道で登ることができる。この話の起こった十九世紀後半にはまだ人跡稀な箇所も多かったので、山怪伝説にもこと欠かなかったであろう。秀逸な結末は、マンビーが師の塁を摩するに至ったことを示す。

「聖書台」

休暇中、車を駆っての古書漁りの途中、時間もたっぷりなのでウェールズ地方の廃屋を探索しながら、地元名士一族の古い犯罪と没落のエピソードにふれる。聖書台は司祭が聖書を読み上げる際に用いる高さ一・二メートルほどの書見台である。

「出品番号七十九」

題名は稀覯書目録の番号である。朝食のさい古書目録を見て出品店に注文の電話を入れることが、マンビーの日課であったらしいことは「トレガネット時禱書」にも出てくるが、目録を編纂した古書店の店員が、戦争で精神を病む若者で、その最中に不用意にオカルト本に手を出したため、悲惨な死に至るという話。戦争の影のある作品が目につくのは、マンビーの大きな特徴で、やはりジェイムズとは世代の相違を感じさせる。

「悪魔の筆跡」

語り手の男は少年時代に老いた伯父の世話になった。日課

〈悪魔の筆跡〉

として聖書研究に打ち込む相手には、どうやら忌まわしい過去があるようだ。二人で朗読し合う聖書には、時おりその過去と暗合するような一節がヒョイと浮かび上がっては、老人を苦しめる。

聖書文化圏の読者にアピールしそうな怪談だが、冒頭に紹介される『カルデア語への入門』(*Introductio in Caldaicum lingram* 1539)は、現在バイエルン市立図書館によって鮮明にデジタル化され、容易にアクセス可能である。その四二八コマ目を指定すると、何と問題の「補遺」があり、金釘流の〈悪魔の筆跡〉さえ見られるではないか! 中世古文献の禍々しい雰囲気を、身近に味わって欲しい。

以上十四篇、古文献やアンティークがテーマの怪奇小説を愛好する読者は多く、ネット上でマンビーをはじめA・カルデコット、R・H・マルデン、M・P・デアなどジェイムズのエピゴーネン作家を研究する『幽霊と学者』という雑誌まで刊行されている。

これほどファン層が厚いのに、なぜマンビーの怪奇小説執筆が十四作にとどまったのか。確証はないが、戦後ケンブリッジのキングズ・カレッジ図書館の司書となり、一九四八年にはフェローとなるなど、本格的に書誌学者、ライブラリアンとしての方向に面舵を切った時点で、作家としての筆を絶ったということかもしれない。その後、一九六二年以降にオックスフォードおよびケンブリッジで書誌学の講師を務めた。一九七四年、書誌学協会の会長に選出されたが、その任期中に没した。書誌学的業績としては十九世紀の著名な写本蒐集家トマス・フィリップス卿の研究が知られ、その伝記『書物に取りつかれた男の肖像：世界でもっとも著名な古書蒐集家、トマス・フィリップス卿の生涯』が、各国の愛書家、書誌家の賞賛を得ている。邦訳が待たれる所以である。

アラン・ノエル・ラティマ・マンビー
Alan Noel Latimer Munby

イギリスの作家・書誌学者・ライブラリアン。一九一三年ロンドン・ハムステッド生まれ。ケンブリッジ大学卒業後、大手古書店のバーナード・コーリッチ、サザビーズに勤務。一九三六年陸軍銃砲隊へ編入され、フランス戦線で捕虜となり、アイヒシュテット近郊の捕虜収容所へ収容され、そこで雑誌に怪奇小説を寄稿。戦後、一九四九年に好古的怪奇小説集『アラバスターの手』を発表。M・R・ジェイムズの衣鉢を継ぐ作家と目される。のちにケンブリッジ大学キングズ・カレッジ図書館フェロー、英国書誌学協会長などを歴任。書誌学関連の著作として、写本収集家トマス・フィリップス卿の伝記『書物に取りつかれた男の肖像』（一九六七年）などもある。一九七四年没。

羽田詩津子　はた しずこ

英米文学翻訳家。お茶の水女子大学英文科卒。M・C・ビートン「英国ちいさな村の謎シリーズ」（原書房）をはじめ、リリアン・J・ブラウンの「シャム猫ココ・シリーズ」、アガサ・クリスティ『予告殺人』『アクロイド殺し』、スーザン・オーリアン『炎の中の図書館』、ヴィッキー・マイロン『図書館ねこデューイ』（いずれも早川書房）、ティラー・J・マッツェオ『歴史の証人 ホテル・リッツ』『イレナの子供たち』（いずれも東京創元社）、フランシス・ホジソン・バーネット『秘密の花園』（角川文庫）など、ミステリ、ノンフィクションなどの分野で訳書多数。著書に『猫はキッチンで奮闘する』（ハヤカワ文庫）。

紀田順一郎　きだ じゅんいちろう

評論家・作家。一九三五年横浜市生まれ。慶應義塾大学経済学部卒。著書に『幻想と怪奇の時代』（松籟社）『古本屋探偵の事件簿』（東京創元社）『紀田順一郎著作集（全八巻）』（三一書房）、翻訳に『M・R・ジェイムズ怪談全集（全二巻）』『書物愛（日本篇・海外篇）』（いずれも東京創元社）、編集に『世界幻想文学大系（全四五巻）』（荒俣宏共編、国書刊行会）、監修に『幻想と怪奇』（新創刊。荒俣宏共監修、牧原勝志編、新紀元社）など。怪奇幻想文学の紹介をはじめ、書物論、近代史、翻訳、創作などの分野で幅広く活躍。

アラバスターの手《て》
マンビー古書怪談集《こしょかいだんしゅう》

二〇二〇年九月一〇日　初版第一刷　発行

著　者　アラン・ノエル・ラティマ・マンビー
訳　者　羽田詩津子
発行者　佐藤今朝夫

ＩＳＢＮ　978-4-336-07034-0
印刷・製本　三松堂株式会社
装　幀　山田英春

発行所　株式会社国書刊行会
〒一七四―〇〇五六　東京都板橋区志村一―一三―一五
電話　〇三―五九七〇―七四二一　ファックス　〇三―五九七〇―七四二七
メールアドレス　info@kokusho.co.jp

乱丁・落丁本はお取り替えいたします。